空谷幽兰

沉香红 主编

中国民族文化出版社
北京

图书在版编目（CIP）数据

空谷幽兰/沉香红主编.— 北京：中国民族文化出版社有限公司，2021.1
　　ISBN 978-7-5122-1453-8

Ⅰ.①空… Ⅱ.①沉… Ⅲ.①散文集—中国—当代 Ⅳ.①I267

中国版本图书馆CIP数据核字（2020）第271992号

空谷幽兰

主　　编	沉香红
责任编辑	张　宇
出 版 者	中国民族文化出版社　地址：北京东城区和平里北街14号
	邮编：100013　联系电话：010-84250639　64211754（传真）
印　　装	三河市金元印装有限公司
开　　本	710mm×1000mm　1/16
印　　张	14
字　　数	200千
版　　次	2021年1月第1版第1次印刷
标准书号	ISBN 978-7-5122-1453-8
定　　价	49.80元

版权所有　侵权必究

《空谷幽兰》散文集参与编著工作人员名单

主　　编：沉香红

执行主编：苏思远　祁筱慈　刘凤玲

副 主 编：安　琪　秦继芳　周小美　左娟娟

编　　辑：程　洁　李东花　蔡晓菲　肖春花

　　　　　张轶慧　刘　萌　黄祥礼　陈可欣

　　　　　周　华　曾于佳

序言

梦想是多数人前行的灯塔
沉香红

  我对文学的热爱，源于很小时候父亲的鼓励。我记得，父亲曾经为了给我买一本作文书，翻山越岭，从家乡那个贫穷落后的小村庄，不断倒车，才到了繁华、热闹的城市的书店，给我买回了那本我至今仍保存着的作文书。

  我一直认为，启蒙教育对一个人的成长十分重要，若不是父亲一次次用他那对书的热爱的行动，来告诉我书对人的一生的重要性，我或许不会对书那么痴迷，后来也就不会成为专门教别人写作的老师了。

  记忆中的父亲，每次读完我的作文，都会先褒后贬，褒是真褒，贬也是真贬，只是贬得比较巧妙，让我能接受。所以，我每写出一篇作文，一定都会听到一堆给我提供自信心的肯定。接着父亲再告诉我，这一篇作文要如何修改，才能更加引人入胜。

  我小时候性格活泼，爱好比较广泛，跳舞、唱歌和跑步等运动项目无所不会。甚至还想成为电视台的主持人，也曾经幻想成为一名电影导演，然而，在我这众多的爱好里，大多是想起来热情万丈，不久便偃旗息鼓，唯有写作这个爱好长久坚持下来了，直到今天，仍热情不减。

写作是高雅的，也是不太需要投入太多经济成本的。我自己的经验是：在更多的时候，只需要购买好的图书，静下心来慢慢品读。如此，就能不断成长进步。

成年后，我先后求教过几位文学圈内的老师，可以说，在写作这一条看似孤单的路上，我遇到过许多贵人的鼓励和支持，能力也在不断提高，特别是后来到鲁迅文学院进修，使我的创作能力得到了增强。

进入互联网时代，我是第一批尝到高新技术甜头的写作者，我很早就购买了电脑，借助电脑，我的创作速度明显提高，作品质量也有了飞速的提高。后来，在读者和文学爱好者们的鼓励支持下，我才成了借助电脑教学的专职写作老师。

教学相长。教学的过程，也是学习的过程。虽说我算不上是老资历的作者，也算不上是优秀的写作老师，然而，十多年来，我在教学的同时，从未停止继续学习，从未停止继续写作，尽管仍是默默无闻的文学山峰的攀登者，但总是在文学之山上摘取了几枚红彤彤的浆果。

如今，我的许多学员都已经出版了自己的文学作品集了，我很欣慰。这次，我将我们这批近五十位学员的毕业作品结集出版，让大家一起来检阅我们的学习成果。

兴趣是最好的老师，写作尤其需要强烈的热爱和执着。我希望我能够把自己所拥有的知识和经验分享给更多文学爱好者，分享给更多需要的人们。对我来说，这才是一种收获，这才是人生的价值。

近五十位学员的毕业作品，通过师生的共同打磨，即将与读者见面了，我正怀着喜悦的心情在等待它的到来。在这本书里，有我们师生的各种不同的人生经历、生活感悟，以及对写作的热爱和感情。

作为一本见证学员成长与执着追梦的作品，我相信大家能够从字里行间读到学员们对于文字的虔诚与热爱。正是被他们这种不断坚持的精神所打动，我才想方设法和大家一起编辑了这本书，希望读者朋友们能够喜欢。

作者简介：沉香红，中国散文学会会员，《女友》杂志主编。出版散文集《苍凉了绿》《做自己的豪门》《你配得上更好的幸福》《我们不是生来强大》。

目 录

第一辑 爱本无言

茧　　程洁 /002

今生无法回报的爱　　墨荷·熙子 /005

缝进棉被里的爱　　冬花 /010

烟火里的疼爱　　袁秋茜 /013

乡村鸡事　　苏思远 /017

我的母亲　　萧雨 /020

母爱的坚持　　周华 /023

父爱如山　　黄祥礼 /026

清风寄哀思　明月勿相忘　　吴自萍 /029

我们不擅告别　　郑雨 /032

扎凤冠霞帔的奶奶　　亦文 /036

云奶奶·云爷爷·花　　韩歆 /040

和奶奶在一起的日子　　荒唐王爷 /043

第二辑 似水流年

家乡的老屋　　左娟娟 /048

老巷子，旧时光　　陈晓晖 /052

风从故乡来　冬花　/056

冬日的思念　小雨　/059

老王与猫　苏思远　/062

难忘那辆"二八"自行车　李炳森　/066

老师的背影　修竹　/069

泡桐花开　罗桂芳　/072

母亲爱书　鲁班石　/075

橘子熟了　灵聪　/077

缝纫机　夕丁　/080

蛙韵　易若冰　/083

捉小龙虾的少年　苏思远　/087

第三辑　四季流光

江南春色醉人心　七时光　/092

春色燃起的光阴　徐静　/095

不辜负一春繁华　马文菊　/098

四月里的乡野　袁秋茜　/101

敬畏春天遇见蔚蓝　刘萌　/104

海风中的笑声　墨荷·熙子　/107

早秋的乡野　陈晓晖　/111

眉仙山　祁筱慈　/114

人间繁华尽在秋　七时光　/117

一起去看雪　　曾于佳　/120

雪　　亦文　/123

第四辑　不负韶华

我的小河　　黎晓蓉　/128

遇见一树桃花开　　易若冰　/132

暗夜里生出了花　　于宸　/136

惊艳了整个童年的青蛇　　刘婷婷　/139

慢的艺术　　陈可欣　/143

风筝　　三山半　/146

空气凤梨　　木兰　/150

豆豉儿　　祁筱慈　/154

和老井有关的那些事　　修竹　/157

乡村小调　　易若冰　/161

像葱一样生活　　陈晓晖　/165

第五辑　梦与远方

书香　　刘萌　/170

别做植物人　　刘婷婷　/173

一天里最好的时光　　鲁班石　/176

因为自卑，爱上写作　　一笑　/180

岁月浸透的一本书　　宜轻晨　/184

美好的背后都是感人的细节　　王玉娟　/188
低谷，更是一种考验　　刘凤玲　/191
让她自己走　　董新民　/195
如果结局早已知晓　　慕闲之　/198
嬉皮笑脸面对人生的难　　刘婷婷　/201
人生除了生死都是擦伤　　安琪　/204
一别两宽，各生欢喜　　慧慧　/208
关系中的以己度人　　周小美　/211

第一辑　爱本无言

茧

程洁

儿子抱着吉它，从一间屋到另一间屋，其间并未弹出像样的曲子。我知道他并没有把全部心思放在弹吉它上，抱着吉它，只为逃避写一篇作文。忍着怒火，我坐沙发上拿起笔开始写文章。他也跟了过来问："妈妈，你手上的茧怎么磨出来的？我的手磨不出茧，弹吉它都疼了。"

我平时弹古筝，多的时候都是在做家务间隙，做家务戴着义甲不方便，来回摘戴又麻烦，于是很多时候徒手拨弄琴弦。刚开始指肚很疼，忍着。久而久之，指头上便磨起了硬硬的茧，再弹，一点都不疼了。

小时候，家里贫困。母亲为了接济家用，晚上就借着月亮的光掐麦秆，一把麦秆可以卖三毛钱。月光下，一根一根麦秆在母亲手里接续，变长，清苦的岁月也一日日编进麦秆里。每每半夜醒来，母亲还端坐在炕上编织，冷清的月光照在母亲脸上，看不出来一点疲惫，只有坚毅。那种坚毅是从心里散发出来的。麦秆在浆水里泡过，那么柔软，缠缠绕绕都不曾断掉一根，母亲的手在日日夜夜的缠绕里，每个指肚都起了硬硬的一层茧子。

再柔软的触碰，也会因为长年累月而坚硬。

满是茧的手粗糙难看，我问过母亲，疼不疼？她用食指和大拇指相对搓了下，皱了眉头，看出来是会疼的。但她摇摇头，显得很开心。因为拔柴禾有了硬茧像是给手装了盔甲，有刺也不怕了，拔起柴禾就会很快。往灶堂里添柴禾，左右一扒拉，一大把柴禾添进去，一股浓浓的青烟从房顶冲上天空，很快，一大家人的饭菜就能上桌。那样艰苦的岁月，也过得有滋有味。

在还没有长出茧的那段时间，母亲的手定是默默承受着麦秆摩擦的疼痛的，她是把疼痛和责任扛在了心里。家里有没有柴米油盐，孩子能不能穿件像样的衣服，能不能交起学费，这些比起疼痛，在母亲心里更加重要。若是麦秆能卖上十块八块，那可是一家人一年的盐钱呢。

母亲从来没说过手疼，小的时候不懂，只觉得难看，庆幸自己不会长老茧。长大后才明白，在茧磨出来之前是要经过疼痛的。之所以不疼，是历经苦难，母亲的心变得强大。疼痛比起得到后的满足，又算得了什么？经过疼痛，走过苦难，我们才会更加坚韧，才能掌控想要的人生。生活困难，她用长满茧的双手努力让我们的生活变好。

母亲在上街卖麦秆时见到了一件明黄色的棉衣。她说，那件衣服她一眼就看上了，领子有一圈白色绒毛，又暖和又好看，我穿上一定漂亮。她徘徊在那件衣服旁很久，里里外外摸布料，一遍一遍问价格，最后售货员说28元，不能再便宜了。母亲眼里有点失落，卖麦秆的钱根本不够买回来这件衣服。她又央求售货员让我试穿一下，我穿到身上，母亲的眼睛一下子亮了，她说："妮儿，妈这个月使劲掐麦秆，一定买给你，真好看呢。"而后，她又央求售货员一定留一件，过段时间再来买。那一年，我13岁。

后来的一段时间，母亲没日没夜地掐麦秆，指头肚上的茧更加厚了。而母亲掐得那么卖力，只为了我能早点穿上那件棉衣。

永远都忘不掉母亲买回来那件衣服后开心和满足的样子，孩子一样的笑容啊！记忆里再没有穿过那么好看的衣服。我的母亲，转着圈一遍一遍看着我。晚上依然用长满茧子的手掐麦秆，心里装满了一个家的明天。

岁月荏苒，已为人母的我走过不少坎坷，跌跌绊绊。亦如母亲年轻的时候，手上有了茧的痕迹，心亦是历练后的样子，不再惧怕挫折，也能包容伤痛。不但感激长在手上的茧，更感恩茧长在了心里，细数岁月静好，坦然从容。再想起母亲手上那一层层茧，多了许多温暖和疼惜。

任何地方，只要有了茧，就变得坚韧了。心也一样，岁月打磨棱角，说的是心磨起茧的状态吧。等起了茧，以前不能忍受的，现在也就能包容了。以前容易被伤害的，一旦长了茧，就坚强了。再后来，知道有些疼痛是一生必须要面对的，只为能磨出茧，因为责任，因为爱。

我停住笔，把写下来的文字慢慢念给儿子听。他听着听着，脸上变得刚毅起来。坐直了身体，开始一遍一遍弹起《四季歌》。

作者简介：程洁，笔名晨曦，公众号"碧玉一阁"。热爱文字，喜欢弹古筝。文章散见于部分报纸及期刊。她用文字记录生活，追忆岁月中的点滴感动。

今生无法回报的爱

墨荷·熙子

在我18岁那年,父亲离我而去了。听母亲说,他是笑着离开的。母亲的话,让我十分不解。

记忆中的父亲,是严肃的,是不苟言笑的。那时,父亲在乡政府工作,他常穿一套深蓝色中山装,一排纽扣齐刷刷地扣到领口。他相貌俊朗,浓眉大眼,眉宇间隐隐透出威严之气。

父亲一辈子很是不易,用他微薄的薪资养育了八个儿女,并且对子女的管教很是严格,定了诸多家规:吃勿言,睡勿语,站有站姿,坐要有坐相。女孩笑不能露齿,男孩吃饭切勿吧嗒嘴。做人要懂感恩,切忌以下犯上等等。我们对父亲是又敬又怕,平时很闹腾的十口大家庭,只要父亲在家,我们都是规规矩矩,安安静静的。有一次,哥哥吃饭不小心发出了声响,父亲"吭"了一声,目光一瞪,吓得哥哥赶紧低下头,不敢轻易张开嘴,只有两腮来回蠕动着。看着哥哥的"斯文"样儿,逗得我和姐姐端着饭碗躲进厨房里偷笑。

父亲很少与我交流，但我能感觉到在众多的儿女中他是偏爱我的。父亲爱抽烟，买香烟总要我去，说我人小，跑得快，每次都会叮嘱我，"买最便宜的，工农牌的"。然而，每次都会有余钱。我递给他，父亲总会说："不用，你拿着。"每当那个时候，我都会发现父亲的嘴角微扬，一向冷峻的目光里，有缕缕温情，有光溢出。

父亲虽不苟言笑，但心地很善良。父亲的毛笔字很是漂亮。每年腊月，上门求父亲写对联的乡亲络绎不绝，更有甚者，几十里地赶来，只为求得一副对联。一个腊月里，父亲全心全意地为乡亲服务，即使再冷再累，父亲都是来者不拒，毫无怨言。我喜欢父亲挥毫泼墨的样子，每当父亲端坐在书桌旁，我便像一只快活的小雏鸟，围着专注的父亲"扑棱棱"地飞来飞去。一会儿帮父亲研墨，一会儿帮父亲裁纸，一会儿飞奔出门寻来一些石子压住对联的边沿，一排排铺在地上风干。看着我这个贴心的小助手，父亲会忙里偷闲地向我投来几许赞赏的目光呢。

那时，每家都有很多孩子，生活都很困难，在那个白米细面稀缺的年月里，遇着困难户诉苦，哪怕是一勺白糖，几斤白面，几把大米，只要我家有的，父亲总会吩咐母亲，将我们预备过年的口粮匀些出来。说是，年关了，给孩子捎点回去。那人推辞，父亲便黑着脸，骂他。直到后来，那些人提起父亲的滴水之恩，仍不胜感激。方圆几十里地，不管我去哪儿，只要说出父亲的名讳，他们就会对我另眼相待的。那时的父亲，是我心里最崇敬的人。

新年里，和我同龄的小孩都喜欢穿新衣，吃平日里吃不到的零食，而我则喜欢满村子转悠，看着村子里每家每户都张贴着父亲手书的春联，呼吸着空气中醉人的墨香味儿，骄傲与自豪在幼小的胸腔里奔涌着，升腾着，那种美妙的感觉真是无与伦比。

我16岁那年，那些年少时的美好一下子烟消云散了。

初中三年级的我，数学成绩滑落到了全年级倒数，上数学课的痛苦致使我无法将学业继续下去，也彻底失去了脱离这块黄土地少有的契机。父亲对我的殷殷期望变成了失望，脾气突然间也暴躁了起来。

我是父亲最小的女儿，从小体弱，父母不舍得我干农活，希望我能学有所成。而今辍学在家，一时竟无所适从。

秋天里，我家的橘园迎来了大丰收，我便向父亲请缨，做了开园先锋，想着借机表现表现，希望能讨得父亲的欢心。

清晨，我拨开晨雾，踩着露珠，手提竹篮，穿梭在浓香四溢的橘园里。只见一棵棵橘树像是刷了一层金粉，浓密的枝条上尽是饱满圆硕的橘子，亲密地挤在一起，沉甸甸地低垂着，像是离别前的不舍，又像是丰收前的沉重。看着这满目的金黄，迷茫的我，不禁对生活充满了幻想。

我一个一个地摘剪，小心翼翼地装筐，生怕一不小心碰破了皮儿，漏了汁儿。忙碌了一个早上，终完成了父亲交与我的任务，装了满满几大箩筐。哥哥赶来帮忙搬运，他挑着箩筐走前面，我臂挎竹篮，紧随其后。走到屋后的竹林边，我看见父亲坐在门前的大青石上正巴巴地望着我们。我暗暗窃喜，今天，父亲定会眉开眼笑的。

万万没有想到，刚走进院子，父亲看着哥哥挑着的箩筐，脸色突然阴沉了下来，盯着我训斥道："橘子上绿叶那么少，怎么能卖上好价钱？书读不好，橘子也摘不好，你说你还能做什么？"瞬间，我满腔的热情跌落到了冰点。眼前这个我一直引以为傲的父亲，疼爱我的父亲，此刻的言语像是一柄利器，刺入我心，击碎了16年来珍藏在心底所有的美好。平日里乖巧温顺的我，第一次冲撞了父亲。我"啪"地扔掉剪刀，竹篮应声而落，橘子"骨碌碌"滚落一地，喊出了压抑在心里的怨气："你没去橘园看，橘子那么的繁密，哪能个个都带叶子的，在你眼里，我就是个没用的人，无论我怎么做，都不会如你意。"一向受人尊敬的父亲怎能容忍我如此无礼的顶撞，他恼怒地站起身来，扬起了微颤的大手……

母亲闻声飞奔过来，边挡住父亲边推我进屋。那天，我倔强得像只牛犊，直到父亲的手渐渐无力，我也没挪一步，没哼一声，没流一滴泪，只有满腔的委屈与愤怒让我不停地颤栗着。我攥紧拳头，暗下决心：我要去闯荡，我要去赚钱，我要让父亲用欣赏的目光注视我。

一气之下，冲出家门，一年后，辗转去了南方。其间我与父亲未有只言片语的交流。

南下不久，却意外地收到父亲的来信，信中写到："吾儿此去路途遥远，生活习惯否？家中一切安好，勿念。唯父甚念吾儿……"那夜，看着父亲第一次对我注入情感的笔迹，我久久无法入睡。我坐在窄小的木板床上，就着微弱的灯光给父亲写了回信，回信说："女儿初来南方，感觉良好。父亲定要保重身体，等我多赚点钱就回去见您。"信封里又放入了几张我的生活照片。

积攒了两个月的工资，刚刚凑了个整数，我第一时间飞奔到邮局，赶紧将钱给父亲寄去。

我细数着日子，盼望着父亲的回信。

都说，南方的冬天很短暂，然而，那年的冬季却无比的漫长，恍若过了一个世纪。

一个月后，终于收到姐姐的回信。当我迫不及待地打开信件的时候，手中的信笺怆然而落，眼泪瞬间淹没了一地的悲痛。我突兀的哭声震惊了宿舍所有人，被泪水浸泡的字迹更加硕大醒目起来："小妹，告诉你个不幸的消息，当你收到这封信的时候，父亲已去世一个多月了，因事发突然，路途遥远，怕你悲痛，无人抚慰，所以迟迟没有回信告知，请你原谅。你给家里邮寄的钱，用来给爹办了丧事……"天花板在旋转，我蜷缩在窄小的木板床上，阵阵锥心之痛令我彻夜难眠，只觉得那个冬夜，好长好长，好冷好冷。

两年后，我回到了家乡。走进老旧的院子里，只见那块大青石孤零零地躺在屋檐下。我触摸着贴身密缝的钱袋,却感受不到丝毫的喜悦。

薄暮时分,哥哥带我到父亲的墓上祭拜,行至墓前,最后的一抹余晖抖落在暮色里。我为父亲献上鲜花,焚香,烧完纸钱,长跪在父亲的墓前,凝视着夜幕下眩目的火光,泪水一滴一滴落下。

夜里,我与母亲坐在院子里乘凉,朦胧的月光洒落在屋檐下的大青石上,泛出清冷的光。稻田里的蛙声夹杂着草丛里的虫鸣声,使宁静的夜多了几分喧嚣,心里平添了几分莫名的烦乱。

心思细腻的母亲,仿佛一眼洞穿了我的心事,直言道:"娃,你是不是对你爹还心存怨恨?那次,你父亲打你过后,他背地里哭了。他只是恨铁不成钢,一时犯了糊涂。人非圣贤啊。"

母亲看了看面无表情的我,顿了顿又说:"在你爹最后的那段日子里,最能让他开心的事就是每天翻看你寄回的照片,边看边笑着叫我:'你快过来看,咱娃去南方生活得挺好,长高了也长胖了。快来看这张,她开心得都攀上树了,哈哈。看着你爹笑的样子,我的心,酸啊,一会儿,他又神色黯然地问我,你说,女儿会不会还在怨恨我?我这辈子没给任何人道过歉,若有机会的话,我只想给我的女儿道个歉。"说着说着就掉下了眼泪。

听着母亲沉痛的述说,一种无以名状的悲痛早已随着血液升腾,进入心房,深入骨髓。我埋头,捂住脸,任由飞涌而出的泪水顺着指缝流淌。眼前沉黑一片,我看见了父亲,父亲笑了,在他温暖而欣慰的笑容里却隐藏着深深的痛楚,那深藏的父爱直叫我伤痛欲绝。稻田里的蛙叫和虫鸣声戛然而止,只有我追悔莫及的哭声震颤着暮色凝重的夜。

满天的星星在颤抖,一轮明月,穿云破雾而来,闪烁着灿烂的光芒——云隙中的光亮,那是父亲的笑容。

作者简介:墨荷·熙子,本名,康金席,陕西安康人。喜欢用文字记录生活中的小趣味,小欢喜,小感动。微信号:k1 799255578

缝进棉被里的爱

冬花

母亲的针线活,在老家的小村子里,是出了名的好。年轻时,大娘婶子都喊她巧媳妇。左邻右舍嫁闺女、娶媳妇,要缝喜被、做衣服,都来请母亲,她常常忙了东家忙西家。

每到棉花收获的季节,母亲都要背着两大包带籽棉花去加工。母亲念叨着,秋天到了,该添床新被子了。

瞅一个晴好天气,母亲在院子里铺两条席子,用毛巾细致地擦干净,喊我一起把被里拽展抻好。母亲开始把大坨的棉絮撕开,一层一层铺平,待到被套薄厚均匀,"蹭"地一下,母亲麻利地抖开被面,红艳艳的牡丹花在阳光下肆意怒放,拖着长长尾巴的凤凰,骄傲地秀着羽毛,整个院子里明媚生动犹如春天。

秋色里的母亲低着头,油黑的齐耳短发散落下来,头发泛着柔和的光,嘴角微微翘起,轻轻地哼着豫剧。

母亲戴上顶针，开始穿针引线。她一会儿双臂高高举起，一会儿又埋下头快速拉扯针线，只看见小小银针在她手下上下翻飞，不一会儿就游走成一条直线，棉被上留下了匀称有致的针脚。

我想，母亲新做的棉花被，一定缝进了秋天的云朵，又白，又轻，又柔软的云。我的脸贴在被子上轻轻地蹭着，新棉被有淡淡的草木清香，还有阳光的味道，像是母亲的怀抱，让人贪恋。

那年我上高二，功课紧，平时吃住都在学校。中秋刚过，天气突然转冷，温度一下子降了十几度。晚上，我下自习课回到寝室，手脚冻得冰冷，钻进单薄的被子里，像虾一样蜷缩着身子，瑟瑟发抖。第二天一大早，母亲背着被子来了，脸被风吹得通红，眼睛里却是热气腾腾："闺女呀，怪妈没看天气预报，让你受冻了。"

从村里到县城的学校，有30多公里的路，不知母亲顶着星光，在寒冷夜里走了多久，我每每想起时，心就会蜂蜇似的疼。

时光荏苒，我带着母亲缝制的棉被，越走越远。北方的冬天，天寒地冻，晚上，我裹在母亲缝制的棉被里，任它西北风呼呼作响，心暖梦甜。

结婚时，母亲为我准备的嫁妆中，最显眼是各种颜色的棉花被子，一条条在床上高高摞起来。被里是纯棉的，被面是母亲托人从杭州带的。从我订婚那天起，母亲就开始张罗弹棉花做被子。母亲一边飞针走线，一边絮絮叨叨："现在啊，不管再高级的被，都不如咱们棉被暖和养人。"一床软软的棉被，虽然有点笨拙，土气，但踏实、妥帖、温暖。

一针一线，一岁一年，母亲的指尖流走多少光阴，又缝进去了她多少默默期盼？

不知什么时候起，母亲眼睛里飘进了云翳，不知什么时候起，母亲头发白成秋风里摇曳的芦花。季节流转中，母亲渐渐变老。

但母亲，仍用老花镜，哆哆嗦嗦的手，手上针线……爱着我们，把绵长念想和期盼，都缝进细密的针脚里。

不管我们和母亲隔着几程山水，倦时，痛时，拥着母亲缝制的被子，做一个长长的梦，天涯不远，寒冬有暖！

作者简介：冬花，本名李东花。花种心田，花开指尖！走过岁月，细数生命里那些细碎而美好的存在。

烟火里的疼爱

袁秋茜

烟火里的疼爱,从不惊天动地,只会贴心贴肺。

那日回到家时,天色已晚,舟车劳顿的我显得很不精神。原想吃点茶泡饭就得了,洗洗便睡。

母亲不同意,她说知道我要回来,白天就买好了饺子皮,下午剁肉做馅儿,晚上包好了就可以吃上热乎乎的饺子,空着肚子的人哪能睡一场好觉呢?于是,她让我歇着,自己开始了忙活,在我吃的方面,她讲究的是"一日三餐,吃好吃饱"。

虽然一身倦意,但我看着她端来饺馅儿,拿出圆筛子,放上一碗水,摊开了饺子皮,熟练无声地包着饺子,我不再好阻止。看着灶台旁放着的花茶,那是我过年时带回家的,因为常听她说受凉嗓子疼,想着花茶会润喉滋脾。打开一看,还有很多包,撕了一包泡了,问母亲:"怎么没泡呢?"

她抬头看了我一眼，继续低着头包饺子。"我喝不惯的，白开水就行了，冲茶多麻烦啊。""那包饺子不麻烦吗？直接白开水泡点饭不是很省事吗？"我有些不依不饶。

"你回来了做什么都不麻烦，我一个人哪怕是喝茶都觉得费工夫。"听到母亲的回答，我倒是有几分后悔去问。我没有答话，实在是不知道如何回应这份她觉得理所当然的疼爱，我是既心暖又心疼。

平日，母亲一人在家的时候，若不是逢着过节祭祀日子，她很少炖肉烧鱼，常常是炒点自家种的蔬菜，烧一个汤，简单地一日三餐。愈是耗费时间精力的，比如饺子、擀面、烙饼这类的，她愈是不愿意忙的。我知道，即便她从不讲。白茶清欢的日子，母亲觉得一个人过没什么不好。

可我回来了，她必然是要会不辞辛劳在油烟里做各种吃的，从不怕麻烦。回到家的第二个晚上，她捧出了田里留着的最老的南瓜，切开，去除掉黄艳艳的瓜瓤，打算烙南瓜饼。她笑意浓浓，一边拍着南瓜，一边说道："南瓜越老越香，特意给你留的，做南瓜饼的手艺可是从你外婆那里传下来的。"听她得意的语气，真觉得她好像一个等着被夸的孩子。然而我知道的是，做南瓜饼耗时费力，光站在灶台边一个个煎就需一两个钟头，凡是好吃的食物都是要倾心去做的。

母亲愿意用整晚的时光去为我做南瓜饼，她说，每次做都会想起外婆，每次做出来都会想，味道是否和外婆曾经为她做的一样。我知道，她是想我以后吃到南瓜饼也会想到她，吃不到时也会深深想念，她想将她做的南瓜饼的味道烙进我的生命里，令我念念不忘。

我看着母亲用不锈钢的勺子一点点将南瓜肉刮下来，每次只能刮下一点点，那逐渐堆砌的南瓜肉儿卷着边，在瓷盆里精致得很，仿佛是艺术品。当再无南瓜肉能够刮下来，只剩南瓜的外壳时，便可以将准备好的鸡蛋打在南瓜肉里，放上切好的一堆碎葱，然后撒上盐、倒上豆油、添点味精。这时去看瓷盆里的南瓜肉，漂亮得很，大片的黄配上新鲜的绿色，没有被破坏的鸡蛋就像娃娃躺在上面，单单去看，我就觉得世界的幸福应该都汇聚在那里了。

母亲让我起火热锅，她则将面粉撒在南瓜肉里，配上水将所有的馅搅拌在一起，粘稠稠的，和匀等着入锅。"我们一会儿就可以尝到香喷喷的南瓜饼了，明天中秋节，还可以盛两个放盘子里祭月亮……"母亲站在灶边等着锅热，往窗外看着那轮已经渐圆的月亮，她应该是挺开心这个中秋不再是一个人在家吧。

我很喜欢这样的时刻，母亲在锅边用铲子一个个烙着，锅里的南瓜裹着面粉成形，变得更金黄，散发出沁人的香，她的脸上有着满足的笑容，说着一些寻常的话。我一边为膛里添着柴火，一边又时不时地跑到她身边，眼馋着锅里的南瓜饼，嗅一鼻子的南瓜香，体会着油烟里她的快乐。简单不喧哗，外面的月亮安静地照着屋内的我们。

待第一锅的饼熟了出锅，母亲会放在窗边让风吹凉一会儿，然后用筷子夹一块让我张嘴尝。正如她常说的，"孩子无论多大，在父母眼里始终是孩子"，所以我就真像一个孩子接受着她的宠爱。南瓜饼入口香甜，咀嚼着仿佛吃出了秋的余味深长，咽下去则满腹都是南瓜香。母亲做的南瓜饼，有着整个秋天的味道，带着烟火里的深情，无声无息地就入了生命里。

月升至树梢，满满一盆的南瓜饼在屋内散发着清香，我们边烙边吃，很快就吃不下了。全部烙好后，母亲抢着收拾碗筷，洗刷锅盆。只有在忙完一切之后，常常才会发现，刮南瓜肉的时候太过用力，手指肚上都划出了一个小口子，沾水后就会隐隐作痛。我说："吹吹吧，给你贴上创可贴，怎么那么不小心呢？"

母亲憨憨地笑着，说："忙着做好吃的，一点都没觉得。你回来了我就高兴，一点都不疼。"她身上满满的南瓜香，还有岁月静好的味道，一并让回家的我感到心安。母亲在,家才是我日夜思念的地方,她做的所有饭菜,今生难忘其味。

我会永远记得母亲在烟火里给我的疼爱,带着温暖走过日后的岁月。

作者简介:袁秋茜,笔名"木兰溪"。江苏南通人,喜欢用文字记录生活中发生的美好和温暖,一边走,一边爱。有微信公众号"墨路相逢",愿能与更多喜爱文字的朋友相逢,书写人生中的难忘时光。

乡村鸡事

苏思远

近来闲读唐诗，读到温庭筠的《商山早行》，其中有一句"鸡声茅店月，人迹板桥霜"。鸡声、茅店、月、人迹、板桥、霜这六个意象，描绘出一幅初秋乡村黎明唯美而忧伤的意境图。不禁感叹作者胸中有大丘壑，就是那精致而又细腻的炼字功夫，也让人望尘莫及。后人马致远的《天净沙·秋思》与其有异曲同工之妙，或是受其影响，也未可知。忽然就回忆起幼时的乡村老家来，那里绿树成荫，炊烟袅袅，阡陌交通，鸡犬相闻，比它也毫不逊色。况且还有那挥之不去的人和事。

记得我六七岁时，村子里几乎每家都养鸡。我家就一直养十几只，用来下蛋，作为一项重要收入，补贴家用。那时我生得单薄，肚子里缺油水，整天满脑子想的就是吃肉。可只有家里来了重要的亲戚朋友或逢年过节，才会下狠心杀只鸡，平时根本见不到荤腥。但我有我的办法。在农村，有个不成文的习俗，哪家做了"好吃的"，不能吃独食，这样会被左邻右舍瞧不起。于是我整天满村子晃悠，鼻子会因某家的炊烟而亢奋不已。久而久之，我的嗅觉变得像狗一样灵敏。

那天我像往常一样，循着香味而去，跟我同去的还有几条流着哈喇子的狗。那户邻居家正在吃饭。我趴在他们家堂屋门边，直勾勾地盯着饭桌上的那盘鸡肉，口水不争气地流淌而出。香啊，真香，丧心病狂地香！他们吃得慢条斯理，怡然自得。但对我却始终视而不见。

不知什么时候，母亲突然出现在我身后，问我跑这儿做什么。女主人听见母亲的声音，慌忙夹起一块鸡肉，飞奔而来，直往我嘴里塞。由于用力过猛，筷子戳破了我的嘴皮，顿时血流不止。知子莫若母，看到这一幕，母亲脸一阴，照我脸上就是一巴掌，说，吃吃吃！就知道吃！没出息的东西！你都多大了，不懂一点事！给我吐出来……见我没吐，就左右开弓又给了我几巴掌。我忍不住痛，哇的一声张嘴就嚎。那块鸡肉顺势掉在了地上，便宜了那几条狗。都没尝出味来，白白糟蹋了那么多口水。

母亲话里有话，女主人听出来了，顿时臊得满脸通红。她知道母亲这几句话是冲着她来的，但又不好去接。人家"教育"自家孩子呢，关你什么事，你添什么乱？女主人深谙处事之道，乡下人低头不见抬头见的，万一闹开了，以后还怎么相处。她揣着一肚子明白装糊涂，一边护着我，一边拉母亲，还一边赔着笑脸说，他婶你消消气，小孩子家，不懂事。这也是话里有话，她都说到"不懂事"这份上，算是服了软。母亲也心照不宣，就势借坡下驴。

回到家，母亲眼眶红红的。她力排众议，把家里仅存的两只小公鸡剁了一只，掺了很多黄豆，又放了些葱、姜等佐料，炖了满满一大锅。除去给左邻右舍送一些，余下的都祭了我和弟弟的五脏庙。当然给邻居送去的，只是碗上面飘了几块肉，点缀一下而已，邻里间彼此都理解。母亲只是盛了点汤，泡着米饭，吃了几粒豆子。

那晚我大快朵颐，幸福极了。饭后，我立下了一个宏伟的志向，等我长大了，赚钱了，我一定要天天啃鸡腿。天一亮我就起床，坐在那户邻居家大门口，开始啃，一直啃到夕阳西下。有志不在年高嘛。可如今，伴随着不断隆起的小肚腩，我这宏伟的志向彻底破灭了。

近来母亲年纪大了，爱唠叨，经常提起这事，笑我那时没出息，好吃，尽给她丢脸。又说她那天特别生气，回家就赌气杀了只鸡，问我可还记得。农村有句俗语叫：饿狗记得千年屎。这才二十几年，我怎么可能会忘记那个物质贫乏的青葱岁月？

至于她生谁的气，是气我，气邻居，还是气自己，我就不得而知了。以前我不懂，总认为是自己好吃，没出息，惹母亲生气。直到有一天，我带大姐家粉雕玉琢的小外甥女出去玩，路过肯德基，看见一位小朋友在啃鸡腿，她嚷着要吃鸡腿。大姐交代过要少给小朋友吃油炸的食物，于是我没买。她抱着我的腿不走，直勾勾地盯着那位啃鸡腿的小朋友，盯了一会儿，又抬起头泪眼汪汪地央求我。那一刻，我不禁一颤，这一幕与我何其相似，我看到了幼时的自己。让我内心抽搐，浑身难受。我终于理解，母亲更多的应该是气自己。一位母亲在孩子正长身体时，却力不从心，堵不住他那张馋嘴，这是怎样的心酸无奈！

我时常怀念那晚的大快朵颐，后来吃过无数次鸡肉，可始终吃不出那种暖心的味道。那是母爱的味道。

作者简介：苏思远，好读书，不求甚解，喜欢用文字记录生活中发生的美好和温暖。

我的母亲

萧雨

午后,我和母亲坐在餐馆吃饭,我痛快地吃着。母亲说:"今天上午,我差点把电动车丢了,现在我这记性也是越来越不好了,电动车钥匙都没取下来,我就走开了……"

今天我才发现,母亲是真的老了,在岁月的洗礼下,她的记忆力在逐渐衰退。

看着母亲额头的皱纹,我的思绪不由得回到了几年前。

我少小离家去他乡读书,母亲因为晕车从不曾去看望我。看着同学每逢节假日爸妈都来,我心里那个羡慕、嫉妒、难过。一次学校放假,踏上返乡路时我便告知母亲,大概几点到站。随着老乡——到站,我的目的地也到了。这时天公不作美,下起了瓢泼大雨,我拿起手机准备给母亲打电话时,发现手机没电了。那时火车站只通到市区,我还需要转乘两次汽车方可回到小县城。下了火车,因为天色太晚已没有回县城的车，我就近找了个宾馆住了下来，早已将给母亲回话一事抛至脑后。次日回家后，母亲看到我欲言又止，我分明看到母亲眼角红红的、眼袋明显。后来听妹妹说，母亲联系不到我，再加之邻居前几日说起，有如我这般年纪的少年被绑架、遇害之类的事情，心中惶恐不安，冒雨在车站一带和家里附近（又担心我回去了）往返找了我一夜。想着如若我第二天还不回来，就要报警。听完那一刻，我陡然一阵心酸，潸然泪下。

母亲常常说，过去因为家庭经济条件不好，能供她读到高中已经很不容易了，心中多少有些遗憾。如今只要我们学习态度认真，无论需要什么，她都会竭尽所能地提供物质支持。

我还记得，小学三年级学校开始提倡练字，推荐用庞中华字帖，那个时候一套庞中华字帖价格不菲。母亲说："只要你愿意学，咱们也买一套，你好好练字。"那一套庞中华陪伴了我七年多，为我的书法打下了坚实的基础，后来因为多次搬家，早已遗失，可从我现在字体仍能看出多年的书法功底。

母亲一辈子性格好强，且读了多年书，有了女性独立意识，在那个女人围着锅台转的年代，她愣是在30岁那年不顾世俗的眼光，将我和哥哥安顿在奶奶家，妹妹由外婆照看，只身去省城学理发手艺。半年学成后，母亲回到我们小县城理发店给人当助手。做过助手的人都知道，助手的活又累又烦琐，年轻的母亲不怕辛苦。可是每天烧水、洗头、扫头发等等，根本无法实践自己所学，于是母亲用自己多年的积蓄开了一间理发店。

记忆中，每天天蒙蒙亮，母亲就起床了，为一天的营业做准备，规整梳子、剪刀、剃头刀、吹风机。有时候是在琢磨发型，什么脸型适合什么发型，什么头型适合什么发型。

苍天不负有心人，母亲的辛苦没有白费。随着老顾客的增多，生意也愈加红火，渐渐地母亲一个人也忙不过来。有时候忙得顾不上吃饭，父亲更是忙于自己的生意，无暇顾及母亲的美容美发店。后来店里招收了两个学徒，刚开始也是无法上手，只是做些简单的工作，不过这也让母亲相对轻松一点，起码能腾出一点吃饭时间。

那几年母亲是忙碌的，也是快乐的。

美容美发店经营了11年，我们兄妹见证了店面由20多平米到150多平米的发展历程，在理发店的发展壮大中我们也长大了。

我们兄妹羽翼渐丰时，母亲说是时候做自己喜欢的事情了，于是在不惑之年改行做起了服装行业。人常说："改行三年穷"，就在那样的情况下，母亲仍然坚持下来，把服装生意做得风生水起。

如今，母亲已到知天命年龄，身体还算健朗，只是因为年轻时候的超负荷站立以及家中琐事操劳，身体已不如从前。母亲常常念叨着想出去走走，看看外面的世界，却总是牵挂老小，一直没有如愿。

作者简介：萧雨，80后，中共党员，爱阅读，喜写字，愿与文字偕老。文章散登在《写手微刊》《沉香红原创文学》《烟台散文》《楚天都市报》《大众文化休闲》《北海文学》《女友》等报刊杂志及公众号上。个人微信号：mxy18303588076

母爱的坚持

周华

同事谈起她家的猫，因为搬新家的缘故，夜里时常在床上走来走去，扰得她一夜辗转难眠。可怜的猫，也许是害怕陌生环境，想寻求主人的安慰吧。这让我想起了小时候家里来过的一位特殊的"客人"。

那还是上小学三年级的时候，周末我在家里写作业，忽然隐隐听到几声猫叫声，"喵喵……"的，像猫爪一样，挠得人心里直痒痒。扔下笔，循声找去，声音是从大门外传来的。推开门缝查看，果然有位"小客人"站在门口，是一只灰色的小猫，正冲着我喵喵直叫。那样子怯生生的，可爱极了。我兴奋地把它抱进家门。在我的软磨硬泡下，母亲终于同意我收养它。

每日午后，猫总是找一处温暖的地方，懒懒地晒着太阳，做着美梦。它的毛发在阳光下闪着特有的光芒，蜷成一团像只可爱的绒球。即便我逗弄它，它也只是抖动一下耳朵，然后换个姿势，重新睡去。直到它睡好了，前爪向前一伸，身体向后使劲儿一弓，伸个懒腰，打个哈欠才肯站起来，然后悠闲地到处去溜达了。可爱归可爱，只是我们家鱼缸里的鱼，总是莫名其妙地减少。

那些与猫相处的时光总是快乐而短暂的。后来，我得了猫癣，母亲趁我上学不在家时，就偷偷地把猫送给了别人。为这，我和她争吵、冷战，闹了好一阵别扭。

长大结婚后，自从有了孩子，我就十分疼爱他。他上小学的时候，有次去同学家玩儿，看到人家有一只可爱的小猫，于是回来就央求我让他养一只。因为我也喜欢猫，所以经不住他那渴望的小眼神儿，于是同意了。看他欢呼雀跃的模样，我也乐开了花。我们去宠物店一起挑选了一只可爱的灰色小折耳，还淘了很多猫的用物，从此我们家里就多了一位家庭成员。

小折耳可爱又听话，我们一进家门，它就围着我们喵喵叫。它喜欢乒乓球、毛线球等，一切圆的东西总能引起它的兴趣，它会乐此不疲地在那里玩上一下午。它也喜欢在午后的阳光里，盘卧在沙发上晒太阳。孩子最宠它，总是把自己最爱吃的东西，偷偷地留下来给它吃；总是抱着它，逗弄它，不亦乐乎。每到夜晚，小折耳总是不愿意呆在自己的小窝里，它会悄悄地溜到我们的脚边，汲取温暖。孩子爸爸虽然不愿意抱它，可也时常给它喂好吃的。我们都十分喜欢它。

转眼一个月过去了，我发现孩子身上起了红色的疹子，到医院一检查原来是猫毛过敏，医生给开了过敏药。我非常懊悔，没有尽到做母亲的责任，于是我和孩子商量把猫送走，可是他不同意。最终，我和他爸爸商量后狠心决定，趁他上学的时候，把猫送给了别人。当他晚上放学回家后，不见了小猫的身影，就跑来生气地问我，为什么要私自把猫送走。我解释说，因为养猫会使他过敏，出于对他健康的考虑，所以我就把猫送走了。他不理解我，冲我大发脾气，怪我没有经过他的同意就做决定，最后还闹着和我冷战。

此情此景，何其相似。我仿佛看到了幼年的自己，也正为母亲背着我把猫送走的举动而愤怒不已。我气得满脸通红，和母亲争吵着。我不明白，为什么母亲不让我养猫，只是小小的猫癣，又能怎么样呢？而现在我突然能理解母亲当时的行为了。

"女子本弱，为母则刚。"一个女人，当她做了母亲后，她的母爱天性就会自然而然地强大起来，这种血脉的延续，无疑是一种责任。她为了保护好自己的孩子，会变得十分强大，愿意牺牲很多东西。即使不被理解，也无所谓。母亲是这样，我也是这样，在爱孩子这件事上，不分年代，都是如此的坚持。我终于解开心结，原谅了母亲。我想我的孩子，当他为人父母之后，总有一天也会理解我的。现在，在孩子的眼里，我不讲道理，不让他养宠物，那又算得了什么呢？只要他健康成长就够了。

作者简介：周华，"沉香红老师2018级写作班"学员。微信：yez2004 一个爱好文学、喜欢写作的人，文章散见于《烟台散文》《大众休闲文化》等。我想用我的文字来记录生活，希望我的文字能打动你。点滴温暖，感恩遇见。

父爱如山

黄祥礼

　　一直以来,父亲都用他坚强的身躯,支撑起了整个家庭。他小时候就失去了双亲,家里有年迈的祖母要照顾。以至于他很早就辍学在家,接过那本不属于他那个年龄该有的生活担子。他成婚后,陆续有了我们子女四个,家庭的开支增加,他身上的责任又多了。

　　记得那天,雨下得特别大。天还没有完全亮,村里的人也都没有起来,母亲帮父亲收拾着出门的东西,一边念叨着:"我说今天天气不好,要不就休息一天吧!"父亲看着身旁的母亲,特别严肃地说:"这哪成呢?再说了,孩子的学费还没有着落。"母亲争不过父亲,只好由着他。

　　从家门前到村口的公路,是一段坑坑洼洼的黄泥路,多年未修。父亲骑着自行车,每行进一步,自行车就会颠簸一下。他的身子微微向前倾,小心翼翼地扶着自行车,生怕一不留神,一个颠簸就把箩筐里的面包洒到地上。他用粗糙的双手扶着自行车的把手,疲惫、布满血丝的双眼，很认真地看着前方的路。雨越下越大，天地间灰蒙蒙的一片，父亲扶着自行车，没走多远，大雨就把他的衣服打湿了，雨水沾着他的衣服，也淋在他身体的每一处，父亲顾不上这些，只想着还没有凑够的学费。他用力地蹬着自行车，往街上的方向行进。

雨天，出来逛街的人也少，街上冷冷清清的，很久也未见一个行人，父亲在摊位面前吆喝着，盼着前来买面包的顾客。他左等右等，直到晚上十点多，终于把面包卖完。父亲收拾了东西，准备回家，可偏偏自行车链条断了，不能骑。父亲只好推着自行车，慢慢朝前走。路边房屋的灯渐渐地灭了，四周是安静的，只剩下路灯与父亲做伴，昏黄的路灯，映衬着父亲单薄的身影。他艰难地行进着，原本已是筋疲力尽的他，走到公路上坡的时候，必须用尽全身的力量推着自行车往前走，因为稍微一不小心，自行车就会往后退。

我记不清楚那晚父亲是怎么回到家的，只记得，父亲回到家，已经是凌晨。父亲的身影渐渐地近了，在家门口，我帮父亲卸下自行车上的担子，想着在雨中忙碌一天的父亲，我的鼻子一酸，眼泪突然就下来了。

父亲就这样，多年来，从没有休息的时间，每天去街上卖面包赚钱养家，即使生病也不愿意停歇。父亲用自己的勤劳，扛起了生活的重担，不但补贴了家用，还让我们四个子女都接受了良好的教育。

那时，我们家有六口人，按政策分到田地的只有四人，每年除了交公粮，剩下我们自己吃的粮食就远远不够了，父亲想到了去很远的地方种田。

那是一片离家30多里的荒地，父亲带着开荒用的工具，走了很远的路，来到这块荒地。他先是用镰刀割掉荒地上的荆棘，再用大火烧掉杂草，用锄头把每一块土锄松，不久之后，他又在田里筑起田埂，做了一道道小沟渠。最后他去附近的地方找了水源，砍了竹子，把水引到田里去，把荒地上整出来的田地浇透。

经过几个月的辛苦劳动，这块荒地彻底被父亲变成可以种粮食的水田。春天的时候，父亲买了谷种，在这块荒地上撒下。又经过父亲的精心照料，那些小禾苗，长出了饱满的谷子。

从那以后，父亲开辟的水田，一年两季，产出的粮食，从根本上解决了我们缺少粮食的困难。我们再也不用过饥肠辘辘的日子了。

一向乐观的父亲，即使在家里最难的时候，也从未丧失对生活的信心。他常跟我讲，生活即使再难，只要不放弃，就有转变的机会。他也是这么做的，这么多年来，他拼尽全力，为我们撑起一片天，也给了我们一个温暖、幸福的家。

父亲是我们身后的脊梁，也是我心中永远的骄傲。

作者简介：黄祥礼，爱阅读，喜写作，愿与文字偕老的女生。

清风寄哀思　明月勿相忘

吴自萍

人生有太多的生离死别，这是无法改变也不能忘记的，渐远的是那个熟悉的背影，渐近的是无尽的思念。今夜无眠，往事一遍遍地重复，我被包围在这思念的网里。撕心裂肺的痛，莫过于我对父亲的哀思，怀念一起走过的岁月，怀念那张熟悉的脸庞……

还记得每次放学回家时桌上香喷喷的饭菜；还记得大雪天里村口等我时焦急的身影；还记得每次上学前的嘱咐；还记得我每次拿回奖状时您开心的模样……而如今清明将至，远在他乡的女儿无法亲自为您献上鲜花，只愿这清明的微风，能够携带我无限的哀思吹过您长眠的山谷；只愿这清明的细雨，能够饱含我深情的缅怀润泽您脚下的土壤；祈愿您在天国安心长眠！

好想闭上眼就能看到您熟悉的身影；好想一睡着就能看到您那张熟悉的脸庞；好想您还好好活在这个世界上；好想您这棵大树还在为我遮

风挡雨；好想问问您在天国是否安康……

还记得放寒假回家那天，您亲手为我炖的热腾腾的猪蹄汤，您说我风尘仆仆赶回来肯定累坏了，需要多喝点汤补补；还记得除夕那天，我们一起做的团圆饭，虽然只有我们俩，您还是坚持要做满满一桌菜，您说我们父女俩一年到头难得相聚，过年就要小酌两杯，陪您说说心里话；还记得临近上学那几天，您突然变得矫情，您说让我为您洗洗脚，您说要我给您捶捶背……然而我那时不知道，这些小到不值一提的事情是我最后一次为您做，您就那么突然地与世长辞，不留只言片语，这满满的回忆您让我如何相信您将再也不会回来，我将再也感受不到您熟悉的温度？

我敬爱的父亲，您对我的爱虽然润物无声，却能让我感觉到无微不至的温暖，从小到大您对我的爱平凡而又伟大。您从不束缚我的梦想，从不阻挡我的脚步。还记得那年，高考成绩出来以后，我的成绩不是很理想，其实我很担心会让您失望，然而您只是心疼地摸摸我的头，告诉我，我想去哪里就去哪里，所以我选择了远走高飞，来到了现在的青岛……

当初几乎所有家长都反对孩子走得太远，他们都希望把孩子留在身边，只有您全力支持我，让我自己选择，清楚地记得，那时您对我说："天高任你飞，想去哪里爸爸都支持你！"后来，我就真的被现在的学校录取了，您还是对我不放心的，非要坚持送我去学校。

从南到北，几千公里的路程，一路有您相伴，我很开心。初次来到学校，报到的各种繁琐过程，您都要亲力亲为，总怕出一点儿小差错。您跟我来到宿舍，当看到那些可爱的室友，您反复叮嘱她们，请她们多多关照，您又叮嘱我，让我好好和她们相处。我满不在乎地跟你说，我已经长大了，这些小事不用您担心。您总是不相信，您总是说我还小，第一次出省，对我一千一万个不放心。我真想问问，您当初那么洒脱地支持我想去哪里就去哪里的劲儿哪去了？直到您临行的时候跟我说："孩子，以后就靠你自己保护自己了，爸爸不可能一辈子陪在你身边，不可能为你挡一辈子风雨，你要学会长大，以后漫长的路得靠自己去走。"直到看您在拐角处偷偷抹眼泪的背影我才明白，原来您是放心不下我，原来您是一直在装坚强，您也多想跟其他父母一样，把孩子留在身边，之所以让我独自在摸索中前行，是为了让我成长，让我更加坚强，即使有一天您不再能保护我，我也能好好生活。

　　一幕幕温暖的过往时常在我脑海里浮现，仿佛您熟悉的身影从不曾离开，仿佛这些话语依然保留最初的温度。不管时间过去多久，不管是否已经老去，只要我还在这个世界，我都会一直记得，那些您对我说过的最温暖的话。

　　"人有悲欢离合，月有阴晴圆缺"，此乃世事常理，可面对父亲的突然离去，面对眼前种种，又有谁能体会"子欲养而亲不在"的悲凉与无奈？

　　生或死，也许早已命中注定。逝者如斯，如今只能将这无药可解的思念化作笔下瘦薄的文字。愿我的泪水能渗透您脚下那一方净土，借助这微凉的清风，把我深沉的哀思传给远在天堂的您！

　　作者简介：吴自萍，热爱写作的95后文艺女一枚，希望通过有温度的文字结识更多志同道合的朋友，也希望有越来越多的人会喜欢我的文章。

我们不擅告别

郑雨

2016年5月,父亲的肠癌到了晚期。从表面上看,他的精气神儿好得很,一点也不像是个生命走到尽头的人。

每天傍晚,我陪他去食堂吃稀饭。由于直肠的原因,他只能吃流食。餐后,我本想扶着他四处走走看看,可他坚决不让。他说,我自己走得了。说着便故意甩开我伸出的双手,颤颤巍巍地往前挪着,步履艰难。

我在他身旁亦步亦趋地跟着,生怕他跌倒。只是在当时我不曾想,我与父亲的相互陪伴,总有一次,是最后的一次。

一日清晨,我拎着盛满温粥的保温盒走入病房,刚到门口,见父亲已经醒来,坐在床沿,佝偻着背,怔怔地望着窗外,羸弱的背影让我看了心疼。我忽然想到小时候那个割麦打谷的健壮而有生气的父亲,却没想到他会有这般厄运。父亲听到脚步声,转过头,朝我笑了笑。

我一勺一勺地喂粥给父亲,不时地擦掉他嘴边漏出的粥,父亲不好意思地笑了，像个羞涩的孩子。

吃完之后，父亲一直低着头，不说话。不知过了多久，他仿佛鼓足了勇气，抬起头怯怯地看着我说："我想回家了。"他大抵是想念他在后院养的两只公鸡，还有种的香蕉树、木瓜树和沙葛了吧，想念往日里的自由，过街走巷，和村里的熟人吆喝招呼，任意时间吃饭和睡觉，任意时间收听广播。

在医院里，所有的病人都失去了被辨识的身份，能够让人记住的，是他们各自的病情，他们每日规律地进食，规律地输液，规律地作息，换而言之，他们是被病情限制着的。

看着父亲充满乞求的眼神，我一阵心酸。想起小时候，我特胆小，上学迟到了便不敢进教室。每次都哭着跑回家，央求父亲送我去，他从来没叫我失望过。

长大后离家求学。父亲叮嘱我好好念书，出门在外该省的省该花的花，想我们了就给你妈打电话，想回家了就提前来电话，我买好菜做饭等你。

他总是说朴实的话，我听到心里，心里的温热长存。我去任何地方，他送我去，我想回家，他等我回来。可是这次，我不能自作主张带他回家。作为子女，我深感愧疚，不敢直视他的双眼。

理想催人前行，亲人拽人回首，然后，我们就用一生时间，往返于前方和故里之间。父母为儿女送行，看着车子如扁舟，慢慢地驶出他们的视野，留下暗自伤心和挂念。儿女或许不曾想，终有一天，我们的父母也会像一叶舟，匆匆地飘出我们湍急的一生，留下我们孑然独行。

癌细胞自直肠转移到了肝部，父亲腹部的恶水蔓延到了下身，导致脚掌浮肿。医生说须把脚垫高，让我找来枕头垫上。那段日子，我给他按摩，陪他说话，唯独不让他两脚缩起，直到生命的最后，我都要求他伸直着腿，放在枕上。

然而，我自以为是的孝心如今让我无比懊悔。当我睡觉时，频频地变换姿势，腿部自由地舒展，才猛然想起，那时父亲也不过是一个姿势躺太久，想换下姿势罢了，我却不能如他的愿。

父亲的身体每况愈下，面容枯槁，腿脚浮肿得厉害，用手指一按一个印，根本不反弹。有几次，因为力道不足没能站稳而摔倒在浴室。我无法想象他的体内有多少积水，沉重到他自己都无法出力了，可他仍然安慰我说，不疼。

父亲最大的心愿还是想回家，我们只好依了他。选择药物治疗，带他回家。

回家的路上，每经过一个村庄，他都念叨着这是什么村，村里的谁是他儿时的玩伴，他们干过哪些趣事，那个方向又是去哪里的等等。我看着他欢愉的样子，眼泪不争气地往下流。

这次或许是父亲最后一次看到这些村庄和道路了吧，往后，他将回到那个承载他全部生命与记忆的村子，回到他生长和生活的家中，回到那张常睡的木床，任由星月流转，晨昏互转，直到生命的终点。

他仍是喜欢坐在堂屋门前，逢人走过便热情招呼：彭叔身体好吗？买了什么菜……当别人问他身体怎样时，他笑得像个吃了蜜糖的孩子说：好得很啊，好得很。说着还晃了晃麻杆棒似的胳膊肘，以示他的硬朗。

回家一些时日，父亲的食欲明显变好，腿脚的浮肿也消了一部分，这是好的征兆，故此，我便返校办理休假证明。

几日后家姐突然来电，说父亲脸色发黑，已经不行了。我瞬间眼泪无声滑落。原来死亡真正到来时，从不事先给我们任何预兆，我们认为是病情好转，它却往更严重的一面恶化，成了回光返照，灵魂重历世间旧事，便要与世长辞。

我连夜赶到家中。父亲躺在堂屋的草席上，青灯在枕边燃着，微光里透出一股悲凉，屋里只有父亲微弱而冗长的呼吸声。我用力唤他，他的嘴巴微张，喉咙里发出含糊的声音。我想，也许是灵魂提前出走，要去寻一处好的归宿了吧。

那夜细雨绵绵，我陪在父亲的身边，透过朦胧的灯影，看到小时候的无数个夜晚，我黏在他身边，听他讲五代前到宋元明清的各种故事；又看到在子时看完大戏，我拽着他的衣角，踩着月光，从戏楼走回家中的长短影子……

忽然一声长叹将我从回忆里拉了出来，偌大的房屋一片寂静，似乎是不忍打扰我的悲伤。父亲走了，我整个人恍惚，奇怪的是，我却没有想象中那般悲痛，而是一种不真实的感觉。黎明时分，我出去告诉母亲，父亲睡着了。母亲说，我听到长叹了。

原来那一声长叹是父亲的告别。历尽所有旧事，以一声长叹作别。

我至今无法原谅自己，在父亲最需要陪伴的日子里离开。听母亲说，父亲是在我返校第二天从床上摔下来的，失血过多，蛋白严重丢失，导致无法进食，才进入昏迷。

听母亲描述，父亲摔倒时身体向前扑，像要抓住什么东西。没有任何推力，父亲竟然向前扑倒，大概是在潜意识里，想要给我一个长长的拥抱吧。那时我却不在。

每个生命绽放之时，我们欢呼雀跃，浑然不觉，可当生命如雪消融，将要回归大地时，才恍然发觉，我们都是如此笨拙地不擅告别。

我羡慕天下所有的父亲，割麦打谷的父亲，讲生动故事的父亲，带儿女去看大戏的父亲，会哀愁、会嬉笑、有柔情，也有怒骂的父亲……父亲在，我尚且可以做个孩子；父亲走了，我不得不一夜之间变成大人。

作者简介：郑雨，广州市青年作家协会会员。作品散见于《湛江晚报》《大众文化休闲》《C位》《女友》文艺别册等刊物。

扎凤冠霞帔的奶奶

亦文

　　奶奶走的时候是夏天，也不是什么急凶的病，她本来有哮喘，一般熬过冬天就没事儿了。那一年到了春天的时候，哮喘没有减轻反而更重了些，连续的吃药打针维持着到了夏天，只能连日卧床。

　　那年夏天的一个深夜，虫声窸窣，奶奶很安静地走了。

　　接到消息的亲戚长辈，很快就赶来我家。他们在院子里扯上了电线，灯火通明。我透过奶奶房间的门缝儿，看见父亲和几个同宗近亲的人，一边念叨着一边帮奶奶换上寿衣，我想走近的时候，他们把门关上了。

　　奶奶是爷爷的第三任老婆，第一任被爷爷家暴打走了，第二任因病离开，奶奶是邻村一小户人家的姑娘，她裹小脚，梳桂花头，会绣花鸟的针绣图案，性子温和，爷爷用三斗小米做聘礼，奶奶便嫁了。

　　奶奶说，爷爷性格刚烈，为人豪爽，家境在父亲出世以后，日渐中落，到了父亲上中学时，已经拿不出钱缴学费了，父亲只好辍学在家，编柳筐和打短工补贴家用。奶奶手巧，整条街的姑娘出嫁要准备的绣品都是找奶奶画绣样儿，有时是鸳鸯戏水有时是百鸟朝凤，最重要的是奶奶懂得手扎凤冠霞帔。用上好的丝绸或缎子，三日便能出来一件美轮美奂的披风，霞帔一体，是姑娘骑马出嫁时，披在身上挡风用的。霞帔美丽，喜庆。头顶用手工扎成戏里皇后头冠的模样，一个紧挨着一个的花苞，花朵大小不一，参差成趣簇成一排，极其好看。我拥簇在观看送亲的队伍里，新娘子戴着这一复古的披风，画着明媚的妆，像极了仙女下凡。

奶奶用这些精细的手工帮补家里的生活，我看完热闹，跑回家，总向奶奶说起很多人夸披风好看，她微笑着，烤着火，眼睛看着门外："是呀，姑娘一嫁人便长大了。"爷爷早在十多年前去世，奶奶一个人拉扯姑姑和父亲，走过多年的独身岁月，如今，她已年近古稀，年轻出嫁的时候，没有机会披上自己手扎的凤冠霞帔。因为是再娶，按习俗只能做小轿从后门进家。她是否经常追忆自己的青春岁月，或是常怀感慨，面对命运的无常。我眼前总是出现冬天奶奶坐在炕沿儿紧挨着炉子，两手交叉飞舞，不停地做些漂亮手工的样子。

奶奶说，姑姑出嫁的时候，她要扎一件最漂亮的凤冠霞帔给女儿。姑姑婚期是在冬天，一入秋奶奶便开始准备起来，先是托人从杭州带回来一块大红色真丝面料。然后开始画霞帔的图案花样，画一稿改一稿，反复五六次，恐是留下想不到的地方，生了遗憾。终于画稿定下了，开始剪样儿，剪样儿是个技术活，用米熬好了浆水，均匀在涂在样板纸上，阴干，一遍不行，要三遍才可以，在这个过程当中，不可以起浆泡儿，不可以有浆粒，奶奶向我述说涂浆的过程，眼里溢满了幸福和喜悦。我想，当时她一定也想起了自己出嫁的时候，转眼间女儿已经成人，虽没有大富贵，总是得了小安康，她愿女儿能披着自己亲手扎的霞帔，在一个晴好明媚的日子里，骑着马，出嫁。嫁给幸福。

姑姑的凤冠霞帔做好了，大红的娘娘冠，一个个扎起的红色花朵，小的像玛瑙大的玫瑰，红得饱实，鲜艳欲滴。霞帔的领口处，是两朵大大的牡丹花，系在颈处，衬着姑姑一张白净粉扑的脸像一朵刚出水面的荷花儿，屋里围了一圈的姑娘，她们羡慕的眼神儿足以说明这件奶奶扎的霞帔有多么好看，这是母亲对于女儿的爱、寄托、祝愿，姑姑试完霞帔，既兴奋又羞涩，姑娘们七嘴八舌地簇拥着奶奶，非要出嫁时扎这样一件一模一样的霞帔，奶奶笑着答应她们。

姑姑的婚期临近，奶奶的哮喘犯了，刚开始是小咳嗽，后来连咳带喘竟吐了血。父亲请了大夫来看，说是劳累过度，身体虚弱，必须静养数日，度过寒冬。姑姑出嫁的前几天，镇上的李姓亲戚来探望奶奶，顺便取回请奶奶给女儿做的凤冠霞帔，进到我家才知道，奶奶病了很多天，哮喘不间断地发作，奶奶甚至连针都拿不稳了，所以她家的霞帔还没有做完。李氏一听，没说什么，但是面露不悦，坐至深夜，奶奶的咳嗽一阵伴着一阵，看着对方拿不到霞帔绝不离开的姿态，只好让姑姑拿出做好的那一件，她的那块料子等过两天做好了，再换回来。

只是，后来的十几天里，奶奶的身体每况愈下，已经不允许再做手工，姑姑出嫁的前一夜，奶奶叫来大夫帮她注射了镇定剂，她挣扎着起来，要把新的一件霞帔做完。可是，由于身体虚弱，她做一针停一会儿，扎好了一朵花，返回看的时候，不满意，要拆。姑姑掌着灯，看着母亲费力地睁开眼睛拿着红色的丝绸，左右比量，生怕一针下去错了位置出来的花型不正。选好了下针的地方，扎进去，奶奶的嘴角抽搐了一下，那下针的地方很快印出来一朵血红的花瓣儿，手指破了，姑姑实在忍不住，跪在奶奶面前，说："你要是坚持再做，我就不嫁了，我不要凤冠，你只要帮我扎个帽子遮头就可以了。"奶奶抬头看看姑姑，长长地叹了一口气，用手捂住了脸。姑姑坚持不让奶奶做下去，奶奶的病情也无法继续做下去，就这样，凤冠做了个帽型，没有一朵花。姑姑骑着大白马，披着红色的霞帔，脸上化了淡淡的桃花妆，明眸善睐，我觉得姑姑是我见过最美的新娘子。

次年春天奶奶的病好转了些,她又开始帮姑娘们扎霞帔,我和奶奶说,我也要一件。奶奶笑着看着我答,你才几岁,等你出嫁的时候,恐怕要嫌弃奶奶扎的霞帔了。

在后来的十几年里,婚嫁的民俗不断变换,姑娘们出嫁不用骑马了,改坐汽车。奶奶也已经很久不扎霞帔了。我还没有等到出嫁的年龄,奶奶便走了。她亲手扎的那些凤冠霞帔里包含了对每一位出嫁新娘的祝福,也包含了自己对美好生活的期许,而收藏在姑姑家箱底的那件凤冠霞帔就成了奶奶留给我们最幸福的记忆。

作者简介:亦文,定居苏州。爱写字,爱读书,爱人世间一切美好事物。

云奶奶·云爷爷·花

韩歆

云奶奶爱花，这习惯年轻时便有。云奶奶的家门口于是四季常青，各色花草争相斗艳。这些花草，都是经了年岁的，它们见证了云奶奶和云爷爷一路走来的岁月。云爷爷知道老伴的这点喜好，总是不时拿回一些奇花异草，哄云奶奶开心。这其中最讨云奶奶欢心的便是兰花，春兰、寒兰、蕙兰、碧玉兰……各色兰花，或端庄隽秀，或雍容华贵，刚柔兼具，姿态优雅。云奶奶家门前的兰花，成了一道独特的风景线。

  手培兰蕊两三载，日暖风和次第天；
  坐久不知香在室，推窗时有蝶飞来。

云奶奶爱兰爱得如痴如醉。每个清晨黄昏，云奶奶都端坐窗前，望着窗外的风景，用一柄掉了色的木制梳子，细细梳着头发。时光荏苒，从满头青丝到满头银丝，往昔便在云奶奶起落的双手间缓缓流淌。斜阳旖旎，往事踏影而来。往事里，一个栽花人的影子，从俊朗少年到步履蹒跚，那是为云奶奶搬了一辈子花的云爷爷。

时光流转，日新月异。门口的羊肠小道忽而就变了身份，抹上了冰冷的水泥。路虽然还是那条路，但是不再坑坑洼洼，变得光洁平坦。门前的蝴蝶花、兰花、菊花……一些来不及移栽的花草，全都被扩建的水泥路永远地压在了路面下。细沙飞扬，尘土清香。云奶奶闭上眼睛，却被尾气呛得猛烈咳嗽，眼角湿润滚烫。云奶奶不敢出门，怕门前的荒凉灼伤自己。云奶奶不再坐在窗前梳头发，那一头光洁的银发，一夜黯淡。云奶奶的脾气日渐古怪，甚至不允许云爷爷出门，说那些个四个轮子的东西，是不长眼的。水泥路上的车越来越多，云奶奶越来越沉默。

云爷爷却是个倔老头，他不信世间的路，他只信自己。云爷爷最近喜欢上了散步，没事就拄着拐杖出门。云爷爷走得很慢，慢得就像漫长的一生，怎么也走不到尽头，好几次他都觉得自己要回不了家了。是云奶奶，云奶奶在门口骂他"死老头子"。云奶奶一骂，云爷爷就抖擞了，咧了没牙的嘴，嘿嘿笑着，"死老太婆咒我呢，我偏要走回来给你瞧"。

云爷爷把家里没用的瓶瓶罐罐倒腾出来，寻来一些花苗，不多时，家门口又是红绿相衬了。云奶奶便又骂"一把老骨头了硬要折腾"，脸上却是挂着笑，满脸的皱纹，比晚风里的菊花还要舒展。云奶奶把小板凳搬出了门外，她不再终日坐在门后。只是，终究还是有些许遗憾。到了一应兰花开花的时节，云奶奶免不了唏嘘，痴痴盯着门前的马路，仿佛那些兰花依旧在晚风里向她招手。"老头子，你还记得那株寒兰吗，有一次我与你在山里溪边，它就在夹缝里，忽然闯入眼中……"晚风里，云奶奶的叹息声很轻，很轻，却重重地锤在了云爷爷心头。

有一天云爷爷跟平常一样出门，却迟迟不见归来，任凭云奶奶在门口急得跺着小脚骂着。天色一黑，云奶奶不骂了，她抹着泪，门口的花

041

草在月影下影影绰绰。她痴痴看着，竟像是瞧见了云爷爷一般。云爷爷只是不说话，傻呵呵地望着云奶奶，那神情像是在说，"死老太婆，从今往后，没人再给你栽花，陪你赏花了"。云爷爷是被人抬回来的，没了气息。怀里的一棵植物染了血，明明蔫了，却显得分外妖娆。云爷爷是在山里溪涧旁被寻到的。云奶奶不说话，只是将那株染了血的植物拿去，又找来罐子。云奶奶有很多样式的罐子，那都是云爷爷收集的。直到云爷爷变成了小小盒子里的一堆骨灰，云奶奶都不曾落一滴泪。云奶奶出奇地平静，就像门口在四季里无声交替的花草。"死老头子，从今后你倒好，安生了，不用我再在门口失魂落魄地张望了，倒是好，倒是好"。

　　云奶奶很老了，老得只能坐在门口，日复一日，看着门口四季更迭，花草衰荣。云奶奶的头发愈发地白，但是收拾得整齐妥帖，面色平静，气质如兰。忽有一日，邻人发现云奶奶并没有出现在门口，房门虚掩。云奶奶穿戴齐整，仰面躺于床上，旁边，是云爷爷的骨灰盒。窗外车声呼啸，红的、黄的、紫的花，在风里呼啦摇曳。这当中，一盆兰花犹显清奇，在风里吐着阵阵奇香。

　　这是一个风和日丽的日子。

作者简介：韩歆，沉香红网络培训班学员，文学爱好者一枚。

和奶奶在一起的日子

荒唐王爷

很多年前的春天,"女子"的妈妈生了她。"女子"是奶奶给她起的小名,她在家里三个小孩中排行老二。刚出生那会儿,爸妈每天都要辛苦劳作挣工分,没时间带她,她不到一岁就断了奶,奶奶带着她。

小时候"女子"长得清秀,奶奶并没有因为重男轻女而排斥她,反而很喜欢她。时间久了小孩子很容易有依赖感,她和奶奶特别亲,索性跟着奶奶一屋住。

大西北的天气,在秋后就开始渐渐转寒,整天刮西北风和沙尘暴。每家每户的屋里都盘一个长方形的炕。白天不睡觉时也烧得热乎乎的,往外散着热,屋里就像楼房供暖一般暖和。每天午饭后,奶奶便抱一把玉米杆或者麦秆,塞进灶里,用火柴点着柴火盖上盖子,一会儿炕就烧热了。奶奶很幸运,没有像姨奶奶那样缠足,她的做事风格和思想都没受到禁锢。

那时候奶奶辈的人的炕上都有一个羊毛毡。早晨起床卷起来，靠在木头格栅带小门的窗户下面。炕上就剩一张用薄竹片编的光席。"女子"小时候家里盖的都是棉花被，盖几年弹一次，用得太久，质地就没新棉花那么软，大家把这种棉花叫"桃子"。每天睡觉时，"女子"躺好后，奶奶把被子拉到她脖子下，又把肩膀两边掖好，看上去就像一个四方格，把"女子"蜷在里面，就露一个头，平行看有点像堆的雪人。

"女子"有点低血糖，有时早上还没起床就饿得发颤，冒冷汗。奶奶起床倒了痰盂，还没有来得及洗手，就先拿一根筷子戳一个馒头递给"女子"在被窝里吃。

农村人条件不好，但是总尽力打扮得利索点儿。村里谁的头发乱七八糟就会被说"埋汰"（意思就是太脏太邋遢）。"女子"稍微大点后就开始留长头发，细细黄黄的头发长到可以扎起来的时候，奶奶拿木篦梳沾点儿水，有时候盆里没水就用口水，虽说口水不卫生，但那时候不讲究，湿着梳头不疼，最起码在小时候"女子"没有因为这个生奶奶的气，对奶奶是一如既往地依赖。

"女子"最喜欢的是奶奶的老式柜子。现在的柜子是立柜，奶奶那时候的柜子是"躺着的"。"女子"喜欢奶奶的柜子是有原因的，柜子里面有小孩都喜欢的东西——各种糕点和糖。"女子"最喜欢一种透明盒子里面装着五颜六色的，像橘子瓣一样的软糖。每次都是奶奶拿一小瓣放进"女子"嘴里，"女子"舍不得咬，舌头在嘴里舔来舔去的。

有了吃的，"女子"很乖，不给奶奶捣乱。就这样稀里糊涂地跟奶奶一直住到上二年级，才搬去跟父母住。奶奶一个人住惯了，不愿意和"女子"他们一起住。

新家离奶奶家并不远，农村的孩子整天满村跑，"女子"想奶奶的时候，就去看看奶奶和奶奶柜子里的好吃的。

分开没几年奶奶因动脉硬化，一个人生活不方便，就搬来和"女子"

父母一起生活。奶奶的腿脚不方便，干不了活，就坐在椅子上给"女子"讲故事，讲"女子"的父亲小时候多调皮，讲她坐在院子的石墩子上打盹时，一个尾巴大的像扫把一样的狼，悄悄地溜进院子想吃她……或许是奶奶一人生活惯了，腿脚不方便后对家人的要求也很少，尽量不拖累家人。"女子"爸妈平时忙，她就帮爸妈照顾奶奶。弱小的"女子"扶着因为浮肿而变胖的奶奶，一拐一拐地挪去厕所，再艰难地挪回椅子上，累得满头大汗。

就这样一直到奶奶去世。奶奶去世时，"女子"第一个念头竟然是奶奶不在了，爸妈体罚她时没人护着她了。在很久的一段时间里，奶奶在"女子"的心里地位无人撼动。

那个"女子"就是我。每当有人提起我的性格简单独立的时候，我就会想起和奶奶在一起的日子，和奶奶在一起的日子是简单而温馨的，我的性格也深受她的影响，因此而简单独立。

作者简介：荒唐王爷，现定居广东佛山。学习写作是为了让平时生活中的思考变为现实。

第二辑　似水流年

家乡的老屋

左娟娟

自我离家外出求学、父母远去他乡谋生那年开始,我便很少再回到那个生我养我、陪伴我整个童年时代的老屋了。时常想起它,难以抑制的泪水翻涌而出,浸润整个眼眶,内心久久不能平复。

那个年代,农村的经济条件普遍较为落后,加上奶奶膝下育有八个孩子,日子过得极其清贫拮据。随着伯伯们陆续成家,家里的人口也越来越多,一家十几口人只能蜗居在简陋、低矮、破旧不堪的土坯房里生活。

到父亲谈婚娶妻的时候,父亲在离奶奶家不远的废地处新建了一座平顶小楼房。房屋是东西朝向的,极为宽敞。亮堂的红漆木门外侧是由红砖砌成的大庭院。庭院北侧是猪圈和楼梯。南侧种了一些花花草草,有栀子花、菊花、夜来香、太阳花、月季花,还有一棵移栽没多久的银杏树苗。靠南墙边上还种了两棵葡萄树,每到初夏,葡萄藤爬满院子里整个葡萄架，形成天然的避暑屏障。

  在我的童年时光里，院子和屋顶是我最理想的乐园。哥哥最喜欢在院子的角落里刨一个小土坑，铺一撮从田埂上揪来的杂草，再注一些从池塘里舀来的水，最后把自己捉来的龙虾轻轻地放在盛有水的土坑里。那时，我是哥哥眼里最勤快的小帮手。无论他吩咐让我拿什么工具或者去干什么，我总是能以最快的速度完成"任务"，并在一旁静静地看着哥哥忙碌的身影。

  老屋后有一排蜜枣树。每逢盛夏，那些青绿色的枣儿开始渐渐地变红了，像羞答答的小姑娘的脸，红得娇艳；又像一个个红彤彤的小灯笼，美丽而诱人。我常常和邻居家的几个伙伴到屋顶上摘蜜枣。在够不着的地方，我们便吃力地举着长长的竹竿，小心翼翼地对准目标一竿打下去，就能听到"咚咚咚"的蜜枣砸在地上的响声。那时候，我们最期待的是一阵狂风骤雨。只有这时候，我们不用艰难地举着笨重的竹竿，而是随着怒吼的狂风，蜜枣很自然地被吹落下来。调皮的我们总是丢下正在吃饭的碗筷，随手抓起门旮旯的竹篓狂奔而去，抢着捡被风吹掉在泥水地上的蜜枣，一丝满足感涌上心头。

  在那个老屋里，发生了一件至今都令我难以忘怀的事。记得在我上小学四年级的时候，那时正值夏天，虽挂了蚊帐，但厌恶的蚊子总会在我沉睡时凶猛地攻击我。在午夜时分，我又一次在蚊子的叮咬中惊醒。愤怒至极，我便点燃了蚊香盒里的蚊香，随手放在床上的角落里。当时原本打算让它燃烧一会儿就熄灭的，可哪知道实在忍不住困意的我居然睡着了。当我再次醒来时，是被床上的被子烫醒的，迷迷糊糊的我脑海里猛然间好像意识到了什么一样。我几乎惊叫起来，"啊"了一声，床上的棉被烧了一个大窟窿，黑乎乎的一片，星星点点的火丝一点一点向四周蔓延。此时的我大脑一片空白，只知道赶紧拿水扑灭它。我静悄悄地不让自己发出任何声音。我一遍又一遍往返于院子和房间，颤巍巍地端着一盆又一盆水，任泪水肆意流淌，却不敢发出一丁点儿声音。我一边流泪，一边想着怎么逃过母亲的一顿抽打。

看看挂在墙壁上的时钟，才四点，窗外一片漆黑。我无助地坐在地上，直到快天亮时，哥哥突然来到我的房间。呈现在他眼前的是，棉被烧了大半，床上也烧破了一个大洞。哥哥没有责怪我，反而不停地安慰我，并整理了我乱糟糟的房间。

那天放学后，我迟迟不敢回家，在屋外徘徊了许久。直到天色渐暗，肚子饿得咕咕叫，我才迈开胆怯的脚步。果然，我一回到家就被母亲逮了个正着。母亲用她准备好的粗麻绳开始抽打我，尽管疼痛难忍，但我没有如往常一样逃避母亲的麻绳，而是一边哭一边任母亲肆意抽打。我知道自己是这次事故中的罪魁祸首，应该被打。

到了哥哥下晚自习，一回家便来到我的房间，只见我一幅狼狈不堪的模样，就知道我一定是被母亲打过。当哥哥看见我胳膊上裸露着的红痕时，便解开我的衣服查看身上的伤势，发现背部布满了一条条被抽打的伤痕，偶尔看见一两处血迹。除了背部，腿上也有几条清晰可见的血痕。哥哥一边耐心地给我擦药，一边责怪母亲心狠。那个时候，我对母亲只有恨，因为她总是在我犯了错误后打我，而不是用合理的方式引导我改正。

直到多年以后，我离开家远去他乡，居住在异乡繁华的都市里。房屋内部明亮开阔，设施齐全。即便再好的居住条件，可我再也感受不到那个老宅子里的温暖与亲切。当我再回味母亲对我的抽打时，内心五味杂陈，似乎也渐渐地明白了母亲的良苦用心，她不过是用自己的教育方式来管教我，让我更好地成长与生活。

当我再回到那个曾陪伴我整个童年时光的老屋时，它已不再是我曾经居住的模样，外观被岁月的沧桑侵蚀得已不见原有的颜色，被替代的是一片片暗绿色的青苔。墙壁上一道道细小的裂缝里偶尔爬出来几只蚂蚁，墙的一角被蜘蛛编织了一层密密匝匝的蜘蛛网。大门上那把熟悉的青铜锁早已锈迹斑驳，门前宽敞的空地上长满了齐腰深的各类杂草。而我，再也感受不到小时候与哥哥一起在院子里嬉戏时的情景；再也听不到邻居亲切的问候声"娟娟，放学啦？"

那座普通得不能再普通的乡村老屋，记录着我童年里的快乐时光，承载着一代人永恒不变的亲情与温暖。它始终停留在我的记忆深处，不曾被抹去，永远那样弥足珍贵。

作者简介：左娟娟，遇见吧啦平台签约作者，中国摄影家协会会员，90后抗癌勇士，朋友心中的励志女神，喜欢安静独处。公众号/头条号：娟子姑娘327，个人微信号：zuojuan2014121

老巷子，旧时光

陈晓晖

　　有那么一个地方，我们总会深藏于心，万分眷恋，捂在心里，挥之不去，即使漂洋过海，即使多年未见，也始终念念不忘，那个地方就是我们的故乡，我们曾经居住的旧宅。

　　回到故乡，寻找儿时村里的那些旧巷子、老房子，这样的心情注定是复杂的，万千感慨的。如今那里成了一幅幅只能翻阅的画卷，它们老了、旧了、破了、静了，要靠近它，需要莫大的勇气。

　　旧巷子，绵长幽深，残破不堪，巷子里的每一间房子上的门锁均已经锈迹斑斑。在我外出的这些年里，它们经历了怎样的风霜雨雪，经历了多少岁月的侵蚀和洗礼，在时光的穿行中慢慢地衰老下去。似水流年，带走了那些旧日时光，也催老了这些旧房子。巷子老了，不可遏制地老了，岁月远了，静静地远去，在寂静无声的时光中，远了。

　　山风穿巷而来，带着深秋的凉意，让人不禁打了个寒战。犀利的巷风,像一把尖刀,插在心口上,是那样的疼痛。那些远去的旧时光,此时此刻,它们只能追忆,只能缅怀,却永远也回不来,回不来的时光,在老巷子里尘封,发酵成心里的怀念。

到处是断壁残垣,不见了那些熟悉的面孔,不见了门前的绣花娘,不见了袅袅炊烟,不见了我们快乐奔跑的身影,没有一只狗,更没有一只鸭,静寂得如同周围环绕的群山,不管我的心里如何澎湃,它们只静默地矗立,无语地诉说着历史和曾经。

那些久远的旧时光透过斑驳的门墙,慢慢地向我走来。看起来窄窄的老巷子,曾经是我们的栖身之所,是我们童年里温馨的家,承载了我们的欢声笑语,还有苦的、甜的、酸涩的各种生活滋味。这里,曾经是热闹的,拥挤的,也是温暖的;这里,曾经有许多的故事,都安静地沉淀在岁月的烟尘里。

那时的生活艰苦,我们的父母,每天辛劳地在田里劳动,一家人吃着自家种的青菜和红薯,仍然觉得津津有味,单纯地快乐着;那时的我们,小小年纪便要上山砍柴和捡树枝,还不到十岁,我们都已经学会绣花,学会做饭、炒菜、洗衣服。不过,生活虽然贫苦,却也拥有诸多的快乐,我们可以在村子里自由地乱跑,随便到处串门,邻里之间经常交换食物,互帮互助,亲密无间。闲时,和小伙伴在巷子里玩游戏,看蚂蚁如何吃掉一条小虫子。

小时候,我总喜欢满村乱跑,去不曾走过的路,遇不曾见过的人。有时会路过一些寡居的老奶奶家门口,看老奶奶在门前晒太阳,或者蹲在老屋的门口烧饭,一个小小的火炉,撑着一口小小的锅,锅的外观都被烟熏得黑漆漆地,只有锅里跳动的米饭是白色的。

"老姆,您这锅里就这一点饭,能吃得饱吗?"我好奇地问。老奶奶笑嘻嘻地回答:"当然能饱啦!你是谁家的孙女呢?我猜,你应该是某某家的孙女,是不?"老奶奶的牙齿都掉光了,脸上布满了皱纹,看起来饱经风霜，她眯着一双浑浊的眼睛，仔细地端详着我。

火炉里的火苗噗滋滋地冒着，老奶奶一边看着我，一边不时给炉里添加木柴。斜阳的余晖，穿过巷子照射在门前，映在老奶奶的脸上，那一道道皱纹仿佛更加深了，我的心里一阵难过："您是一个人生活？""老人家没人要了，孩子们都各过各的日子了，唉！"长长的一声叹息里充满着无奈和孤苦。

如今，这一切均不可复现。岁月如梭，带走了一切，包括一些人和事，也带走了我们的童年和青春，还有成长过程中的一串串脚印。每一条巷子，每一间房子，都记录着一个个生活的故事，记录着岁月的痕迹，如同流水，消逝无踪，唯一烙在心里的只剩下回忆。怅然、失落、五味杂陈，我们出走半生，归来恍如隔世。

终于在一条巷子里遇到了一位熟人，我的一位小学老师，他和老伴依然在那条老巷子里居住，长长的巷子里只有他们老两口。秋风在巷子里不疾不徐地来回吹拂，岁月安静地写在了他们的脸上，当初的中年人，如今已是接近80的老人。虽是如此，老师的精神和气色都很好，他说："住在这里挺好的，生活方便，老房子夏凉冬暖，适合养老。"老师在门前种植了很多花草，金不换、红辣椒、夜来香、昙花、猫须草，还有许多可药用的青草，这些花花草草，一盆一盆地铺满了整条巷子。人生最幸福的事，莫过于老有所依，怡情养性，还有人陪你慢慢变老，如此，便是安好。

我穿梭在老巷子里，唯独不敢靠近那一间老房子，仿佛只要前进一步，心都会撕裂成碎片。虽然在那间房子里居住不到两年，却经历了巨大的变故，父亲走了，母亲也走了。那间小小的房子，能带给我的欢乐，便只有父亲留给我的一柜子的藏书。

远远地望着，仿佛我还是当初那个瘦小的、稚嫩的小女孩；那个经常提着一盏小小的煤油灯，趴在地上，贪婪读书的小女孩；那个总是一边绣花，一边偷偷藏着一本书，被母亲追着打的小女孩；那个曾经沉迷在书的世界里，被邻居称为不懂事的坏女孩。

每一次经过这里，便会懂得心痛是一种怎样的感觉，我甚至不敢望一眼那个窗口，更不敢经过那扇门前。这些年，一路漂泊的我，究竟是如何走过来的呀！步履艰辛，一切恍惚如梦，梦里都是哀伤。

夕阳西下，夜幕悄悄来临，我在夜的掩护下，静静地抚摸着伤口。星星爬上夜空，乡村一片静谧。夜晚过后，会有黎明的，那时璀璨的太阳，一定会让我看到田野里的那抹绿色。

故乡在，旧居在，我们的心灵还有所依。以后的以后，它们也许会变成废墟，也许永远不复存在，那时，我们便真的找不到回家的路。趁现在，它们尚存，虽旧，虽老，但我们还能通过它寻找那些过往的回忆。

作者简介：陈晓晖，笔名陈钰栩，现居广东汕头，喜欢草木和山野。有文章发表于《潮州日报》《亳州晚报》《九江日报》《青年教师》《女友》《大众文化休闲》等报刊杂志。

风从故乡来

冬花

车轮飞驰在乡间的小路上，我看向窗外，绿油油的庄稼一闪而过。近了，更近了，我的故土，我的小村，还有那梦里心心念念的老柳树。远远望见熟悉的村落，高低错落的房子，我的心开始涨潮，漾起无边的眷恋。

故乡的风，穿过无垠的旷野，轻抚绿意盎然的玉米苗，掠过路旁挺拔的白杨树，越过池塘，急匆匆赶来，将我深情地拥抱。风儿吹着我鬓角隐约的白发，衔着我轻盈的思绪，飞向渺远的地方。那些温暖的记忆，如翩跹的蝴蝶，穿过岁月的栏栅，翩翩而来。

那些年少的时光，如挂在五月枝头的槐花，暖里透着香。

当三月的东风，摇醒冬眠的种子，挂在窗上的冰凌花悄然地谢了。燕子回来了，绕着老屋的房檐，喳喳喳、喳喳喳说着情话。晨曦里，母亲吱呀一声推开屋门，沿着弯弯的小路，走在微光初现的田野上。麦子青青,像个半大的孩子,抽着条疯长。该灌浆了,母亲握着铁锹,赶着沟里调皮的溪水,流进一垄垄的麦田。艳阳下,年轻的母亲头发黝黑,眼神清亮,轻轻地哼着豫剧,欢快的音符伴着溪水潺潺流淌。

夏日的溪边,母亲和婶子大娘,常聚在一起洗衣服,开心地拉着家常。那里也是玩伴的好去处,三三两两的小伙伴,在水边打起仗来,小石头投下去,水花跳起来,不一会儿就成了湿漉漉的水孩子。母亲自顾洗着衣服,不理会我们的胡闹。玩累了,躺在老柳树下的石墩上,翻着小人书。不远处,母亲和婶子们晾晒的五颜六色被单,被风荡来荡去。被单上的凤凰欢快地舞着,大朵的牡丹花随风摇曳,在阳光下肆意地开着,把清贫的日子晕染明媚,温情。

晚秋时节,棉桃在秋风里款款绽放洁白,朴实无华地像母亲的心,一朵朵都蓄着暖呢。母亲小心地把一朵朵柔软的花朵摘下,放进腰际系着的大大布包里。想着冬天给闺女做棉袄,给小子絮一床新棉被,母亲的脸上笑出了花,眉眼间是温暖的欢喜……

我总爱在如水的秋夜里躺在躺椅上,远处水塘里蛙鸣此起彼伏,院落墙角秋虫的唧唧声,房顶猫咪轻柔的梦呓,风动树影也跟着晃动,梦便如丝瓜藤蔓般悄悄缠绕,一切都让人心安。

冬天的风,是追着着霜花的脚步来的。它吹干了在房檐上挂着的一排排玉米,它把屋顶的炊烟,一会儿吹向东,一会儿吹向西。当炊烟飘出红薯稀饭的清甜味道,"小胖,二丫,回家吃饭喽",母亲的声音,在暮色里飘得很远。

16岁那年,我离开故乡,离开朝夕相处的母亲,去父亲教书的小城读高中。昏黄的路灯下,母亲不停地向我挥手。大卡车穿过一片片田野,母亲和她身后那座老房子,越来越远,被抛在茫茫夜色里。故乡的风,也怕离别的酸楚,安静地躲在屋檐下,没来给我送行,就让它好好替我守护母亲的梦吧。

后来，我追逐梦想，远走到了千里之外。如一颗蒲公英种子，我在他乡工作，结婚，生儿育女，回家的脚步有了羁绊。

常常做梦，我在母亲身后奔跑、嬉戏，故乡的风，把衣服吹得鼓鼓的，永远是无忧少年，不谙世事的年龄。醒来时月光寂寂，满眼泪花。千里之外，我的母亲已是白发婆婆，年华垂暮。

再次回到我的小村，一张张熟悉的面孔不见了。故乡那南来北往的风，一茬茬刮过，吹黄麦子，吹饱玉米，吹甜了柿子，也吹老了岁月。曾经虎虎生威的长辈，隔着漫漫岁月再见时，都已是耄耋之年，笑着打招呼："你们是花和燕子吗？当年离开家时，还都扎着羊角辫呢！"

我祈愿风儿，轻点，再轻点，别吹凉大娘碗里粥。我祈愿风儿，轻点，再轻点，别吹乱了伯伯颤巍巍的脚步。

沿着小路，来到祖坟的方向，我深深鞠躬，这里安睡着我的祖先们，一直守护着他们世世代代耕耘的土地，长着庄稼和蔬菜的土地，洒下汗水和泪水的土地。

村头，老柳树孤独地站在那里，树干更加粗壮了，苍绿的枝条在风里曼舞，那枝枝蔓蔓的缠绕裹挟着我的灵魂。有风刮过，如母亲的手，轻轻擦拭我眼角的泪痕。

作者简介：冬花，本名李东花。花种心田，花开指尖！走过岁月，细数生命里那些细碎而美好的存在。

冬日的思念

小雨

昨夜，孤寂寒冷。我辗转反侧，难以入睡。思念似潮水般袭来，如蝼蚁蚀骨。

在这漆黑的冬夜，我又想起了你，我可怜的姨。你那期盼的眼神，瘦弱的身影，绝望的表情又一次飘于脑际，挥之不去。

表弟说家里做了蒸肉，要来给我送些，问我是否在家。简单的几句家常，却无形中搅翻了我看似平静的心。

我想起了几年前，也是临近春节，你跟表弟坐火车来给我送年货，有馍馍、烧豆腐，还有姨夫做的蒸肉。姨夫做的蒸肉最拿手，十里八乡都知道，当然我也很爱吃。因为带的东西太多，你喊了表弟一起来。我去车站接你们，只见表弟背上背了很大的一个筐子，你手里还提着一个大袋子。你因晕车蹲在路边吐了很久。

那次，我想为你多购置一些衣物，可转来转去，你总挑那些便宜的试，最后也只是买了两件。你说不让我瞎花钱。严重晕车的你来一趟省城并不容易，我本想为你多买一些，但你坚决拒绝。从那以后你再没来过省城，我也再未为你买过衣服。

去年冬天，你病得很重，在当地医院看了一阵子未见好转，不得已转来省城的医院。但昂贵的手术费用让你们犯难了，于是做了些简单的检查便出院了。那段时间我很忙，几乎没有时间和精力关注你的病情，只在周末抽空去看看你。

见到我，你似乎看见了希望，好像我就是你的救星。然而接下来的一切还是令你失望，除了考虑手术费用外，还存在手术风险等一系列问题。在医生的建议下，姨夫和表弟决定先带你回家过年。

我心里很清楚，回家对你意味着什么。你的病情再加上晕车，来一趟省城几乎要一次命，而老家的医院又治不了你的病。那几天全家人几乎是咬着牙，忍痛将你放弃。表弟及姨夫虽万分悲痛，却只有无奈。我也一样。

你就在这寒冬腊月去了。你离开后，我不敢触碰与你有关的任何话题，只是隔一段时间给家里寄一些生活用品。表弟喜欢在全民K歌里唱歌，每次动态中有他的名字出现我便赶紧溜走，不敢去听，因为歌名"妈妈我想你"等字眼足以让我泪崩。

我屏蔽了一切与你有关的人和事。

在几个姨母中，我跟你最亲。我出生的时候你只有14岁，为了照看我，你辍学来到我家，担负起了看护我的任务。我一岁时，妈妈去外地上班，我便跟你一起回到农村姥姥家，一住就是十几年。我的童年几乎是在你的陪伴中度过的。每次爸妈回来看我要离开时，我都哭得昏天黑地，是你用自己的怀抱一次次温暖了我，安抚了我。在我的童年里，你已在某种程度上代替了妈妈，我跟你没有心理距离，什么话都肯跟你说。

你结婚后，不管我被人欺负了还是心理受伤了，都会跑去你家疗伤。

在你家，我得到了深深的接纳与包容，也只有在你家我会永远感觉安全。

记得那次爸爸气势汹汹地去你家接我，骗我说去让我当兵，我哭着不肯走，你站在我边上，心疼地看着我，又无奈地看着爸爸，弱弱地说："她不想去，就别去了，看她都哭成啥了。"知道爸爸在开玩笑，是来接我参加体检上大学后，你也落泪了，但脸上溢满了笑，对着爸爸说："那你不早说，看把我娃吓的。"说着轻轻搂着我，用袖子为我抹去了脸上的泪珠。

大学毕业后有了较为体面的工作，我便成了你的骄傲，无论谁来家里做客，你总是抖擞着那些我不用的衣服、物品，一件件展示给他们看，脸上充满了自豪，好像我给你的那些旧物都是宝贝。

过两天便是你的忌日，我依然选择逃避，并未打算亲赴坟头祭拜，但寒夜里的那份思念总是隐隐作痛，叫人忍无可忍，不能再忍……

作者简介：小雨，原名徐晓霞，从事交通管理工作。喜欢用文字丰富自己，更喜欢在阅读中结识智者。微信号：xiaoyu223344。

老王与猫

苏思远

老王为人和善，说话不急不躁，细声细气的，五六十岁的样子，听口音是南京人。他说他姓王，我们就喊他老王。我只知道他爱猫，发自真心地爱。

不知从何时起，老王买来鲜鱼、火腿肠或卤菜，静静地看着那只花狸猫吃完才离开，一天三顿比上班还准时。久而久之，那只猫就跟老王熟了，人前人后缠着他，甚至跟进了宿舍。

哪里都少不了爱嚼舌根的人，他们说老王一个月也就两千来块钱，自己都紧巴巴的，还花那冤枉钱来喂猫？他们问老王，老王只是说好玩或者干脆笑而不语。最后他们一致认为老王的脑子有问题。总有自作聪明的人，爱拿自己的价值标准来衡量别人。老王没什么朋友，下了班就逗那只猫来打发时间。

我刚搬到老王宿舍时，就有"好心人"跟我说了老王的事，并暗示我，要我小心，说他脑子有点儿……我没放在心上，后来发生了几件事，证明老王确实有点"怪"。

有天早上，我看见老王把新鲜的鱼开膛破肚后，切成小块，在水龙头下冲洗。我知道鱼是喂猫的，便问他，直接扔给猫不行吗？又是切又是洗还刮鳞多费事。他说切小点，猫吃起来方便，这鱼不卫生，洗一洗会好点儿。我忍住没笑，心想你怎么没把鱼刺也挑了。你看，到底是城里人，要是农村人，你就只会说吃饱了撑的。

还有一次，我买了卤菜，在宿舍犒劳自己。门没关好，那只猫循着香味在门口徘徊，它知道我不待见它，见老王不在，不敢进来。只是幽怨地盯着我，不时地"喵"一声以示抗议。我故意猛一跺脚，吓得它撒腿就跑。可禁不住诱惑，兜了一圈它又跑了回来。如此再三，它发现我是光打雷不下雨，便壮着胆子闯了进来。

菜多了，我没吃完，便把剩菜倒进猫食盆里，心想今天可便宜你啦。倒完就串门去了，可等我回来，发现那只猫正对着盆里的鲜鱼狼吞虎咽，我的剩菜不翼而飞了。我便猜到是老王，定是他嫌弃我用剩菜喂猫。

直到发生了那场惨剧，我才意识到自己是多么虚伪，也改变了对老王的看法。

那天下班刚到宿舍，老王说猫已经两天没进食了，连新鲜的鱼都不吃，可能是病了。我狠瞪了一眼那躺在地上优哉游哉的肥猫，心想整天大鱼大肉惯得你，想上天！临睡前，见它还懒洋洋地赖在宿舍不走，我就用扫把和我的脚把它请了出去。半夜一点钟左右，我被一阵吵闹声惊醒了。猫在门外一边凄厉地哀嚎，一边疯狂地抓门，像极了金属摩擦玻璃。老王怕影响他人休息，便起身把猫关进一间远离宿舍的屋子。

第二天，老王对我说那只猫生了四只小猫。我还没来得及高兴，他又说四只小猫全死了。我心里顿时就咯噔一下，忽然就明白那只猫半夜抓门的缘由来。它是信任我们的，因为信任才会寻求援助，可关键时刻我们辜负了它。我直勾勾地盯着老王，什么也没说，我还能说什么？老王一脸茫然地和我对视，他的瞳孔里蓄满了无奈和悲伤，显得黯淡无光。我相信眼睛是不会骗人的。

老王把四只小猫埋在花坛的桃树下，又独自哀悼了那些早夭的小生命。我远远地观望着他，残阳如血，他的脸在幽暗的光线中迸射出一种悲壮的白光，他那萧瑟的身影有种灼人的哀伤，让我不忍直视。第二年，那棵桃树长得比往年都茂盛，我相信是四只小猫的精魂与桃树合而为一了。

后来，我在杰克·伦敦的书中读到一句话：给狗扔一根骨头不是慈善，慈善是当你和狗一样饿的时候和狗分享一根骨头。这句话在我的心里翻江倒海，轰鸣不止。想起老王对猫的种种，而我呢？

我扪心自问，在我们的潜意识里，认为自己有智慧，是高等动物，生来就是高贵的。正因为这些优越感，让猫吃我们的残羹冷炙仿佛是天经地义的事。可是，在猫的眼中，我们的生活是怎样一种情景，这样的生活意义何在？何以见得我们就一定比猫高贵？再放到岁月长河里，同样是万千物种中的沧海一粟，同样难逃生老病死，我们还有什么好高贵的？

那段时间我害怕见到那只猫，见到它，老王埋葬四只小猫的情景便历历在目。将心比心，对于一位母亲而言，还有什么比丧子之痛更痛彻心扉的呢？我仿佛成了双手沾满鲜血的刽子手，浑身灼热难当。我至今都无法完全体味它半夜抓门时的焦急之情，以及丧子之痛。

后来又和老王聊起了那只猫。那只猫出现在老王的视野时，浑身伤痕累累，正挺个大肚子，跟附近的野猫在垃圾堆里抢食。由于挺个大肚子，行动起来诸多不便，抢不过那些身手矫健的野猫，眼睁睁地看着那些野猫狼吞虎咽，它却躲在一旁无助地哀嚎。或许正是这凄凉而无助的哀嚎打动了老王。

我不由得就联想到老王来。每当提及他的家庭,他总是顾左右而言他。我隐约听说老王年轻时曾欠下高利贷,为了躲债才远走他乡,妻子儿女也和他断了联系。当初他遇见那只受尽欺凌、孤苦伶仃的猫时,看到的何尝不是自己。

　　那只猫有老王来送终,可老王,谁来给他送终?

　　作者简介:苏思远,好读书,不求甚解,喜欢用文字记录生活中发生的美好和温暖。

难忘那辆"二八"自行车

李炳森

这天,阳光明媚,给这冬日增添了一丝生机。

"哐当哐当……"一阵敲打声持续飘入我耳朵,循声望去,一辆锈迹斑斑的凤凰牌老式自行车映入眼帘,看着它的样子,我忽然觉得亲切极了,不禁想起放在老家的那辆早已落满尘土的凤凰牌老式自行车,平时我们这里的人都叫它"二八"自行车。

听奶奶说,家里的"二八"自行车是她的嫁妆。那时爷爷家里穷,勉强揭得开锅,因此奶奶娘家人很不赞成他们在一起,在奶奶的坚持下,这才嫁给了爷爷。娘家人送了一辆"二八"自行车给奶奶当嫁妆,"二八"自行车便成了我"家中的一员"。在那个年代,拥有"二八"自行车的家庭是相当富裕的,当时村里仅我家有这一辆威风凛凛的自行车。儿时,我常坐在爷爷的"二八"自行车上兜风,路上遇见小伙伴,看到我坐车经过,目光立即齐刷刷地看向我,都心生羡慕之情,那种感觉好极了!

依稀记得那是个电闪雷鸣、风雨交加的晚上，大风刮得树叶刷刷响。黑夜如同一个猛兽，贪婪吞噬着整个村子，着实令人害怕。

这天半夜，爷爷在睡梦中说胡话，奶奶试图叫醒他，殊不知，爷爷已发高烧，变得糊里糊涂了。奶奶瞬间急赤白脸，心急如焚地来回走动，这该如何是好。从小到大，奶奶十分害怕打雷，且不说，外面倾盆大雨，到镇上看医生，实在是寸步难行。于是，她试着用物理降温法，快速把湿毛巾拧干，把毛巾敷在爷爷额头上。嘴里不停念叨着：老头子，别烧糊涂了。造物主仿佛故意捉弄人，十分钟后，爷爷额头还是很烫，尽管奶奶多次换毛巾，也无济于事。她突然想起，以前隔壁村一个老爷爷，发烧没能及时看医生，把自己烧糊涂了，想到这，奶奶哆嗦一下，嘴里说着：不会的，不会的……

那时父母不在家，外面还下着倾盆大雨，奶奶也顾不上这么多了。她把爷爷从床上使劲拉起来，这对如此瘦小的她，实属不易。奶奶一手拉着爷爷的手，一手扶着爷爷的腰，缓缓地左右摇晃着脚步出去，走一步停滞一次，嘴里艰难地发出"咿呀"声，累得涨红了脸。终于到了车库，她慢慢地把爷爷挪上自行车后座，奶奶坐在"二八"自行车驾驶位置，然后用背小孩的类似背带，一圈圈绑着自己和爷爷，这样预防摔倒，还把家里仅剩的一张蛇皮袋里的透明塑膜袋，用作雨衣披在爷爷身上，头上再戴一顶草帽。奶奶身体向前倾，眼睛注视前方，左右脚随着自行车脚踏，左一圈，右一圈出门了。

纤瘦的身子载着一个魁梧的人，这已够吃力。最艰难的是载着爷爷上坡，奶奶拼尽全身力气，大声喘着气，额头两边的血管紧绷着，咬牙坚持挪动着脚步。松软的泥巴让她的鞋子又黏又滑，雨水抚摸过她脸颊，顺流而下。但奶奶不置一顾，仿佛一位冒着枪林弹雨的战士勇往直前。在"二八"自行车的帮助下，爷爷顺利看上了医生，烧渐渐退了，奶奶终于松了一口气。自此，每当爷爷讲起这件事情，奶奶都脸微微红，如同热恋期的少女一般羞涩，但她总把功劳归功于那辆"二八"自行车。

那个年代有一辆像模像样的自行车，是很值得骄傲的事。然而奶奶坐在爷爷的自行车后座没过多久，家里因为增添了孩子，变得更加拮据。奶奶心疼爷爷，和邻村人商量想偷偷卖掉那辆"二八"自行车补贴家用。

那天，奶奶背着爷爷将自行车推到邻村，商量好，卖掉。晚上奶奶回家时，笑逐颜开地拿着一叠皱皱巴巴的毛票说："孩他爹，我把车子换成钱，够咱们过春节了，给你和儿子一人换一套新衣服吧。"爷爷双眉紧蹙，目视着奶奶，眼里满是怜惜，那一刻他深感内疚，难过不已。他甚至觉得奶奶不应该嫁给自己，跟着自己是受罪。

第二天，爷爷悄悄拿着钱，去了邻村，换回了"二八"自行车。奶奶看到"二八"自行车后热泪盈眶，不知道该说些什么。从此，这辆"二八"自行车成了他们爱的信物，一直保存在我们老家。每当他们二老有矛盾难以化解的时候，看看那辆早已落满尘土的"二八"自行车，一切便释然了。

渐渐地，市场上摩托车多起来，父母外出打拼几年，攒下一笔钱，也买下一辆。父亲对奶奶说："妈，以后去哪我载你，不用骑那辆'二八'自行车了，速度不快，还咔吱咔吱响，真是破旧又碍路，把它当破烂卖掉吧。"奶奶语重心长地告诫父亲："儿子啊，做人不能忘本呐！和它有了感情，舍不得了。"听到这，父亲也就不再说什么。

如今，那辆"二八"自行车依然默默地靠在老家土墙的角落，与老房子像是一位老友。经过岁月的侵蚀，它虽已变得面目全非，却依然像一位久经沙场的将军，守护着我们……

作者简介：李炳森，广西人，95后女生。以梦为马，不负韶华。期待遇见更好的自己。

老师的背影

修竹

今天是教师节了，想起我这一生，认识了很多老师，但有一位老师的身影时常出现在我的记忆里挥之不去，他就是我高二的语文老师周作之，同时又是我们的班主任。

他个子不高，那时候年纪就接近60岁了，是当时学校里面年纪最大的一位老师。他的衣着，一年到头都是穿得整整齐齐的，即使是在炎热的夏天，也没有看见过周老师穿过背心示人。衣服的第一粒扣子，很多人都不喜欢扣，但周老师永远是扣起来的。在我的印象里，从来没有看见过周老师有衣衫不整的时候。

周老师带着一副厚厚的像瓶底一样的近视眼镜，棕黑色的镜框架在他不大的脸上，几乎占了他脸的一半。他的眼睛本来就不大，从厚厚的镜片看过去，眼珠已经浓缩成一粒黑豆大小。他是高度近视，即便戴着厚厚的眼镜，他看书时仍然要将书凑到鼻子跟前来。他的侄女是我的同班同学，她曾经告诉我，说周老师把眼镜取下来，就等于是半个瞎子，拿东拿西只能靠摸。当年好在有师娘在身边照顾他，我印象中师娘胖胖的，无论哪个学生到周老师家里去，她总是笑眯眯地招呼着，但话不多。听说师娘不识字，在乡下是个干活的好手，若不是为了照顾周老师，她才不喜欢住在学校里，主要是没事干，闲得慌。

周老师当我们的班主任时，在第一堂语文课上，有个顽皮的学生欺生，听说周老师高度近视，便故意在他带着大家朗读的时候，这个学生便在他后面扮鬼脸做小动作，认为他看不到，可他就像后脑上长有第三只眼睛一样，忽然没来由地停下来，偏偏挑中那位顽皮的同学，要求他来带读，引得同学们哄堂大笑。后来有个别同学还试过几次，都是被他抓个正着。他说话从不高声，但全班的同学都怕他，是那种令人尊敬的害怕。他的课讲得很好，特别是古文，据说，他是读私塾出身的，古文功底很深厚。我以前最不喜欢学古文，觉得难懂难背，但通过周老师的讲解后，我爱上了古文，知道古文还是很有魅力的，它的文字精炼、优美、富有音律，那时，我不但将老师要求背的背下来，就是不要求背的我也背下来了。

高考的前夕，有一天是周五，周老师叫住了我，说中饭后他和我们一起走，去我和其他几位也住在矿区的同学家做家访。那时，学校离矿区有近30公里的路程，其中有20来公里没有公共汽车坐，只能坐我们矿拖矿石的货车。那里有个分路口，拖矿石的车卸货后必须经过这里，平日我们回家就在这个路口等货车过来把我们捎回去。那日要坐车的人多，周老师也只能跟我们一样，要爬到高高的货厢上。他是快60岁的人，平日又是那样不急不慢、斯斯文文地处事，哪里做过这样的事，要抓着车厢边翻越而上。他试了两三次才好不容易抓到了车厢边，我在他后面，看他那样吃力地将身体往上纵，准备倒翻着进去。我急了，赶紧叫已上去的同学拉老师一把，然后把老师安排在车厢的最前端，让他抓着车厢边迎风站着。只记得那天风很大，把老师稀稀拉拉的几根花白的头发吹得随风乱舞。其实，有些班的班主任并没有去家访，而是让学生把家访表带回去让家长签字，但周老师就是这么认真负责的人，做事一板一眼，从不含糊。老师的身影和老师认真负责的工作态度，在我人生中成了抹不去的记忆和行为的标杆。在我30多年的工作经历中，认真负责也成了我的立身之本。这与周老师的言传身教是分不开的。

从学校毕业几年后，我曾经回母校看望老师，但没见着周老师，听其他老师说他退休后回乡下老家居住了，具体地址不详。这样我就跟周老师失去了联系。又过了几年，终于打听到了周老师跟他儿子住在一起，地方也好找，就在韶山的银田学校。于是利用一个星期天和几个同学一起去看望了周老师。那时的周老师，双目已完全失明，老伴过世后，他才住到儿子的学校里。儿子白天要工作，只能给他做一日三餐，其他的都是他自己摸索着照顾自己。那天我们看到他，穿了一件旧的中山装，连风纪扣都扣得好好的，这个爱整洁的习惯仍没有变。房间里还堆着一些书，但已落满厚厚的灰尘，估计周老师已经很多年没法看书，但还舍不得丢弃，原本他就是一个嗜书如命的人。一台小收音机放在桌子上，他说这就是他的全部世界。我们听了心酸不已，没想到老师的晚年是这样的结局。临走时，我们几个同学给老师买了一些营养品，又凑了一些钱给老师。

那天，天下着毛毛细雨，周老师站在门口"目送"我们离开，其实我们都没有走，站在毛毛细雨中目送着老师落寞地转身进屋，他亦步亦趋，摸索着前行，头发更白了，背也更佝偻了，这就是此生我看到他的最后一面，他的背影。几个月以后他就过世了，他留给我的背影，却时常出现在我的脑海里。我怀念他，始终忘不掉那个最后背影……。

作者简介：修竹，写作是我的梦想，希望以后的人生路用写作来修行，干点自己喜欢干的事，写点自己想写的话。微信tanjieling855，邮箱715172074@qq.com

泡桐花开

罗桂芳

又是泡桐花开的季节，每当看到路边盛开的淡紫色的泡桐花，我就会想起七岁那年父亲给我采摘的泡桐花。

七岁那年我由于身体的原因，休学一学期。姐姐、弟弟都上学去了。父亲也要去野外工作。而那时的母亲还在乡下，没有和我们生活在一起。父亲每天早上吃完饭就会背上他前一天晚上准备好的工具包，骑上为他配置的专车——飞鸽牌邮政自行车，穿行在城乡僻壤，或者田野山冈上，他，是一名国防线护线员。

父亲上班走后，我一个人在偌大的院子里，感到孤独。我经常会爬上桌子或者床上看墙上贴的报纸，靠仅有的识字量，读《人民日报》或者《甘肃日报》……以此来打发一个人在家的日子。那时没有电视，没有玩伴，只有孤独陪伴着我。我一直在想，现在我喜欢独处，性格内向，可能也和那时候特殊的生活环境有关吧！

每天夜幕降临的时候，奔波了一天的父亲回家了，吃完晚饭，父亲总会问我，今天吃完药都干吗了？我如实地告诉了父亲，沉默的父亲就会不做声，但我知道父亲心里是高兴的。我很乖，因为知道父亲的辛苦，更知道我生病对于这样一个贫穷的家来说，是火上浇油，所以我必须乖乖听话，不让父亲有更多地操心，但是很多次，我还是做得不够好，会让父亲失望，但父亲不会指责我，就如他不会表扬我一样，总是用沉默代替语言，总是让我自己去领悟对与错。父亲把对我们的爱藏得很深，那种深沉的父爱会让我感动，铭记、知足和骄傲！

一天，晚归的父亲回家，洗漱完后，便让我去取他的工具包，打开工具包，一把淡紫色的花呈现在我眼前，我高兴极了，于是便问父亲，这是什么花？哪里来的？

"我在检修线路修剪枝叶时采的。"

"我可以插在瓶子里放在我的房间吗？"

"当然可以，那是送给你的……"

父亲虽然没有说是给我的奖励。但我知道，沉默的父亲就是用沉默和行动把爱意传递给我们，父亲给的爱是最深最诚最暖的！给予我们的也是最好的！于是，在近半个月里，父亲曾三次给我带回泡桐花。泡桐花有一股特别的气味，摆在房间里姐姐很生气，但我是喜欢的。这也是那时的父亲表达给我最单一、最朴素的爱。

平生第一次收的花，是父亲送给我的，虽然在以后的岁月中也收到过美丽的、香气扑鼻的鲜花，但父亲送我的泡桐花是我是一生最珍贵最难忘的记忆！

父亲的突然离去，使我的天空崩塌了……

无数个夜里我泪流满面，无数次在梦里呼唤着父亲，无数次梦醒之后泪水打湿了枕头……

父亲走后，生计的压力，成人的烦恼，总是让我失去方向和快乐，我总是在季节的变更里懵懂而麻木地生活着，但每年泡桐花开的春天，在原野里看见那一树树淡紫色的泡桐花，就像是父亲的祝福与希望。在野草丛生的山野里，它独居一隅，淡淡地花开花谢。很多次，看到它时我会想起儿时的情景，那个孤寂的小女孩，一个人在那个偌大的院里看蚂蚁，听鸟叫，闻花香，看流云，在黄昏时分，守在大门口等待着劳累一天的父亲带花归来！

走在时光里，我负重前行，我一直记得那一把淡紫色的泡桐花，一直记得父亲的温情浪漫，父亲送的花，就如它所发出的味道一样，虽然不是美丽，但让我永远难忘。父亲，我依然在这个花开的季节想念你！想念你给予的爱与坚强，想念你给予的快乐和善良，想念你给予的温暖和浪漫，有你的日子里，我的世界是春风不燥，阳光正好！

作者简介：罗桂芳，一个喜欢花草，喜欢文字的女子。微信号：lgf164600034

母亲爱书

鲁班石

母亲一生不识字，但很爱书。母亲爱书是从我上学开始的。

学龄前的我浑身散发着桀骜不驯的野性，没少干让母亲操心受委屈的事。送我上学的第一天，母亲在家里忐忑不安了一天，担心我在学校里又惹出什么乱子来。

可当我背着书包，欢快地像一只小鹿，蹦跳着回到家里时，母亲欢喜得不得了，拉过我来是左看右看，目光里不停地在探寻着什么。接下来的几天，母亲惊讶地发现，我这只淘气的小鹿竟然没有像往常一样，和邻居家的孩子一起疯玩，反倒拿出书来读起刚学的拼音。

母亲惊喜我的变化，每每见我捧着书本朗读时，她就停下手中的活，出神地聆听着，还不时地凑过来，看书本里到底有什么珍奇的东西如此吸引了我。可不识字的她每次都是自嘲地摇摇头，又去忙自己的活了。

我爱读书却不知道爱惜书，加上男孩子的粗心，没几天课本的封面被我弄得破旧不堪，母亲看着心疼，就拿来自己攒着做鞋样的牛皮纸，用不知道从哪里学到的手艺，帮我认真仔细地把每本书都包上了书皮，还把我不经意弄皱的书脚一页一页地抚平，又用压鞋样的石板给压平整。

从小学到中学，一领回新的课本和买回新书，母亲都会欣喜地接过来，先是小心翼翼地触摸，然后如同欣赏珍宝一样，捧着端详一阵，又轻轻地翻开，再凑近了闻闻书页里的油墨香，之后就赶紧帮我包上书皮。

十多年后，我去外省上大学，母亲不能再为我包书皮了，就嘱咐我说，"你这么爱读书也要学会爱惜书呀"。入学后不久，父亲在一次家信里说到，母亲因不能再为我的新书包上书皮而有了失落感，时常在家里念叨从前帮你包书皮和看你念书的情景。

从那之后，我用勤工俭学换来的钱买了新书先不舍得看，等赶上假期时，就带上几本回家，求母亲再为这些书包上书皮。

母亲又回到了能为我包书皮的喜悦里，我为不识字又如此爱书的母亲感到骄傲。

如今我已过不惑之年，母亲也年过了七旬，她因眼睛患过白内障，不能再为我包书皮了，可她爱书的习惯仍是不改。

几乎每天她都会悄悄地走进我的书房，力所能及地抚拭书柜里的每本书，把我的书案整理齐，再坐下来静静地看我读书写作。偶尔她会劝一直忙碌的我停下来歇歇，怕我累着眼睛。还会借机让我给她读一段书，说一说书中的故事。

我知道母亲又在怀念旧日时光了，于是每当这时，不管多忙我都会停下来，像以往一样，认真地给母亲读起来书来，母亲听着听着就靠在躺椅上幸福地打起盹来。

作者简介：鲁班石，文学爱好者，西安市作协会员，半亩书香文学网签约作者，动事动力传媒签约作者。多篇作品散见《辽宁青年》《做人与处世》《演讲与口才》《当代青年》《伴侣》《女友》（文艺版）《经济日报》等报刊杂志。

橘子熟了

灵聪

记得八岁那年,由于父母工作忙,我被寄养在姥爷家里。农村的院子很大,且一户挨着一户,不愁没有小朋友一起玩耍。有一天,看见隔壁的玩伴小胖在吃橘子,我也很想吃,然而那时候生活拮据,根本不敢开口管姥爷要。但是我动起了"歪脑筋",趁小胖不注意,溜进了他家,偷偷拿了一个橘子。跑回家在炕上享受"胜利果实",刚吃完姥爷就进来了。姥爷问我:"隔壁小胖丢了橘子,是不是你吃了?"我连忙摆手说不是我,姥爷俯身握住我那只沾满黄色汁液的手,对我说:"姥爷相信你,你拿着这两块钱,去买几个橘子,和小胖一起吃。"说完,便把钱塞到我手里。时至今日,那个橘子的味道我都难以忘记。

四年级的时候,我从农村小学转到了城里的小学读书。对于只有11岁的我来说,这个新环境真是有诸多不适应,主要是和城里的小孩子没有可交流的话题。课间,女孩子讨论谁的文具盒好看,男孩子讨论哪些游戏好玩，而我只能坐在座位上假装忙着做作业，实际上竖起耳朵"偷听"他们说话，每每想参与其中但终究还是张不开嘴。我的同桌梅梅发现了我的窘境，每次想和我说话却又欲言又止。终于在我放学值日的那天，她故意拖慢收拾书包的速度，待教室快没人的时候，她迅速往我手里里塞了一个橙黄色的橘子和一张纸条便跑开了。回家的时候，我打开那微皱的纸条，看到上面写着"我愿意和你做朋友，有不会的题可以问我"，一瞬间竟觉得眼睛有些发烫，我紧紧地攥住了那只橘子，就好像拉住了朋友的手一般，柔软而温暖。

  前年在一次候车时，也许是舟车劳顿嘴里着实不是滋味，于是买了几个橘子咂摸，正吃得津津有味的时候，猛地发现对面座位上的一个小姑娘正看着我，她穿着花布衣裳，袖口有些油渍，头发有些乱蓬蓬的。我们目光交汇的时候，她显得有些不好意思就低下了头。她的旁边是一个抱着孩子的中年女人，也是穿着花布衣裳，不过没有那个女孩的艳丽，看着我望向她，对我报以些许尴尬的微笑，或许是对自己女儿不礼貌地盯着别人吃东西的歉意吧。当我整理塑料袋里的橘子皮的时候，我注意到了那个女孩的目光。我知道那个女孩很想吃橘子，虽然我的袋子里还有几个剩下的橘子，但是我不能直接走过去把橘子给她，那种感觉像是一种施舍，会刺痛她幼小的心。

  我径直走向那个小姑娘去寻求她的"帮助"。"小姑娘，你可以帮叔叔一个忙吗？"我蹲下身，以略显焦急的口吻询问着。她闪着大眼睛，有点害羞，红着脸慢吞吞地说："我……我可以帮你做什么，叔叔？""我的车票找不到了，你能帮我看下行李，我去补一张票。"她答应了我的请求，坐到了我的座位上帮我这看着行李。我则到外面买了一袋子橘子，回到候车室的时候手里捏着我那张"补来"的票。"谢谢你小姑娘，叔叔的票补好了，为了表示感谢，叔叔想送你个洋娃娃，可是车马上就要开了，只能在小店里买点橘子给你了，希望你能喜欢。"小姑娘拎着橘子开心地跑向了她的妈妈，我起身拎着行李乘车去了，在不远处看到了她开心地吃起了橘子。或许在将来的某一天，她在候车时，也能给予另一颗幼小的心灵这种甜意。

作者简介：灵聪，90后。渴求在文字里寻找未知的自己。

缝纫机

夕丁

一次有机会去朋友家里做客,到了之后却发现朋友在用缝纫机为女儿做衣裳,那一刻一股熟悉的感觉涌上心头。十多年前,我的母亲,就是这样坐在灯下,一针一线地为我踩踏缝纫机做衣裳。

那时我家也有一台缝纫机,确切地说是母亲有一台缝纫机,就是那台缝纫机,几乎包揽了我童年时代的所有裙子。家里经济条件不宽裕,母亲就会用这台缝纫机给我做各种裙子,一块布料,简单的裁剪,缝上皮筋就成了一条A字裙,再配以两根带子便是背带裙,那时的我哪管好看不好看,有新裙子穿,心里便乐开了花。

那是一台极其普通的缝纫机,说它普通,是因为它的机头、机座、传动和附件,跟村子里的脚踏缝纫机没什么两样,它是绍兴成千上万台脚踏缝纫机中的一台。那个年代,几乎家家户户都会有一台脚踏缝纫机,是嫁妆中不可缺少的一部分,那个年代的女子,可以少念几年书,但是针线活是必须掌握的技能。

那时的自己特别羡慕别人家的小女孩，因为她们的母亲又给她们买了新衣服，款式新颖，颜色好看，穿起来简直像个公主。于我而言，那仅仅只是羡慕，却并未因此感到自卑或是难过，因为母亲做的裙子一样好看，简单大方，穿上一样欢喜，一样可以穿着跟小伙伴玩得不亦乐乎。

有一年生日，年长我好几岁的堂姐给我买了一个小洋娃娃，这是多少女孩都会有的童年记忆，于我，心里有种说不出的喜悦，因为我也可以像母亲为我做衣服那样，给我的娃娃做我喜欢的衣服，做美美的裙子。

起初，我只是简单手拿针线、剪刀裁剪缝纫，渐渐地又不满足于此，开始打起母亲那台缝纫机的主意，于是就学着母亲的样子开始摆弄那台缝纫机。由于年纪尚小，坐在凳子上的自己，脚还够不到地，踩不动缝纫机，于是便站着，双脚一前一后，前脚用力踩，后脚做支撑，使劲发力，有时还是踩不动，就咬紧了牙，像是在撬动着整个地球般，那个滑稽的场景至今难忘。

踩着踩着，机头的线就被我拽了出来，这是经常会遇到的场景，于是我又学着母亲的样子，将线穿过这个孔，绕过那个勾，穿进机针孔，有时线用完了，便把小手放进机头，拿出摆梭，换上与布料相匹配的颜色。娃娃的个头很小，用料也会相对比较省，我便拿些母亲的零头小碎花布来裁剪，满足我好折腾的个性。

因为自己力量的弱小和经验的缺乏，踩空线、跳针、打结、缝纫线弯曲不齐的情况时有发生，尽管如此，我的那股热情并没有减弱，反而越发来得高涨，觉得既好玩又有趣。当我完成一件作品，姑且就称它为作品吧，得到来自母亲的赞扬时，小女孩的我内心滋生出的是无限的喜悦与成就感，那是种与自己穿公主裙的快乐不一样的欢喜。

愉快的经历，让我时常梦想着有天能成为一位时装设计师，每次烧饭的时候都会用粉笔在熏黑的灶台面上画我想象中的衣服和鞋子，那时住的还是盖着小青瓦的房子，烧饭是用冒着青烟的灶台，那种愉悦的童年记忆一直伴随至今。如今，那台缝纫机仍就安安静静地被放在老家的那个角落，而我的梦想因为自己一个"懂事"的选择越发来得遥远。

作者简介：夕丁（微信号：xiding_love），一个爱阅读，喜画画，对一切未知的美好充满好奇的女生。梦想有天能踏遍万水千山，阅尽人世百态，仍能以温柔的姿态谱写属于自己的时间书籍。

蛙韵

易若冰

洗漱完躺在床上看书，正是初夏时节，房间里闷闷的，我打开窗子，有清凉的风夹杂着花香吹进来。书本正翻到宋代诗人赵师秀的《约客》那一页，"黄梅时节家家雨，青草池塘处处蛙"。我正想细细品味，却仿若应景似的，从那夜的寥廓里传来几声蛙叫。我忙侧耳倾听，没错，确实是蛙声！开始只是断断续续的，偶尔几声，过了不多一会儿便热闹起来，此起彼伏地连成了一片。

我惊喜连连，索性放下书，搬个凳子坐在窗边，凝神静气地细听起来。小区临街，远处公路上汽车的鸣笛声，人群的喧闹声纠缠在一起，充斥耳膜。有趣的是，那片蛙声并没有被这些杂音盖过。它们似乎鼓着劲与这些声音来个比拼，一声比一声高，一声比一声长。"呱啊……呱啊……"，拖着长长的尾音，肆无忌惮地冲进我的耳中。

想起去年看房的时候，我一眼看中这个小区，不为别的，就为小区中间那个人造瀑布以及瀑布下浅浅的人造湖。虽是人造的,也不过几百平米,可能叫"水塘"更为确切一些,但在这寸土寸金的城市已属罕见。何况那"水塘"的四周种植了各种常青树木,果树,鲜花之类。我们的卧室正对着那片"水塘"。春天的时候,那繁花盛开的景象让我惊艳了一把,这初夏的夜晚,湖泊里的一片蛙声更让我心生感叹!

是啊,怎能不感叹呢?小时候许许多多个夜晚,我便是枕着这蛙声入眠的。

那时候乡村的夜晚多么美妙啊,月亮高挂在空中,星星亮晶晶地镶嵌在夜空里,萤火虫一闪一闪的。青蛙在稻田里鼓着腮帮子聒噪着,小虫子也没睡,"啾啾啾啾"地吵闹不休。去追萤火虫吧,几个小伙伴追着一只飞舞的发光的虫子,跑过院子,跑过田垄,一直跑到小河边。大人叫着,回来了回来了,看不见别摔了。

把捉到的萤火虫用瓶子装起来,系上绳子挂在晾衣杆上。我们在屋前凳子上坐成一排,叽叽喳喳的,看瓶子在空中荡来荡去,萤火虫在里面狂乱飞舞。

爷爷提着旱烟袋,在长长的木质凳子边上磕几下,把烟斗里还未烧尽的烟叶磕出去,又塞一管新的进来,用火柴点燃了,吧嗒吧嗒吸两口,张嘴吐出一口云雾。"话说,唐僧师徒……",爷爷开始讲故事了。"要讲故事了,大家都安静!"一个小伙伴喊道。于是大家都正襟危坐,等着爷爷讲《西游记》,讲《聊斋志异》,讲妖魔鬼怪牛鬼蛇神的故事。爷爷的故事很精彩,小伙伴都沉浸在故事里,安安静静的。青蛙好像也听入迷了,不再吵闹。

晚上回到卧室,还是很精神,有时候听了聊斋的鬼怪故事,又担惊受怕地睡不着觉。总觉得窗子外面会有吃人的妖怪扑过来。爸爸给我背上画个卐字,跟我说,这个字镇妖除魔,牛鬼蛇神都害怕。于是像有了护身符一样,我心安了许多。又听着外面一片片的蛙声,心里想着青蛙都不怕，我怕什么，一夜好眠。

每逢爷爷不讲故事的那些夜晚，我便早早地躺在床上。明明玩得很疯很累了，一躺倒床上反倒精神起来。屋子里漆黑的，外面也漆黑的，什么都看不见。一点风也没有，只有不知名的虫子"啾啾"地叫着，还有远处河流传来隐隐约约的流水声，"咕咕咚咚的"听不真切，倒像是本来就存在的。

只有这蛙鸣声，一声高过一声的，像是有人在指挥。抑扬顿挫，整齐划一，从田头传到田尾，又从田尾传到田头。田垄是琴键，青蛙都是钢琴家，它们奏得好不热闹，奏得好不欢快。我的耳朵正在仔细聆听这些韵律，它们却呼的一声全都停下了，四周静悄悄的，一个音符也没有了。我忙屏气凝神，伸长了耳朵四下搜寻，天地却一片寂静，一点声音也没有了。仿佛那些钢琴家都凭空消失了，刚才只是幻听。正当我闭上眼睛准备入梦了，那声音又突然起来了。"呱……呱呱"，先是三两声，慢慢地多了起来，队伍越壮越大，"呱啊……呱啊……"，这些淘气的钢琴家又开始了新一轮演奏会。听了一会儿，困意袭来，眼皮慢慢沉重起来，青蛙演奏的小夜曲渐渐地遥远了，不知什么时候我进入了梦乡。

蛙声虽吵，却从未听过有人因着这吵闹失眠了的。反倒是那无数个漆黑的夜里，听着这声音让人莫名的心安。那时候，总觉得青蛙多悠闲呀，一整个夏天都无所事事的，就知道唱歌，唱啊唱啊，永远不知疲惫，把夏天的夜都唱得悠远浪漫起来。

后来看《人与自然》，知道了蛙鸣是雄性青蛙在吸引伴侣，好与之交配，繁衍后代。雄蛙声音越洪亮，越容易吸引到雌蛙。为了让自己的基因继续在这个自然界存留，雄蛙可是一点儿都没闲着，一整个夏天都在努力"唱出最动听的歌"。

是啊，感谢雄蛙那些动听的歌，我的童年才有了那么多美妙而生动的夜。

长大后，远离家乡，很少再能听到那美妙而动听的音律了。在这个钢筋水泥筑起的城市里，我们白天疲于奔走，夜晚倒头就睡，早已失去那份闲适的心情。只有偶尔回到家乡，才能听到这夜的旋律。只是，爷爷再也不能给我们讲故事了，他静静地躺在了屋后的山洼里，在这片蛙声中永远地安睡了。

　　今夜，在这一池小小的水塘里，听到了这世间最动听的夜的奏鸣曲，带着满足与酣畅，注定要一夜好眠了！

　　作者简介：易若冰，85后大龄女青年，白云机场前安检员工，现为自由职业者。爱好文字、旅游，向往无忧无虑的乡村生活。自嘲"被生意耽误的文艺女"，希望有生之年在享受生活的同时能写出雅致的美文。

捉小龙虾的少年

苏思远

　　从我举家进城，到现在也有十来年了。其间回过几次老家，可每次都是来去匆匆，没能好好看看那生我养我的地方。前两天突然心血来潮，决定回去看看。

　　行驶在广阔的苏北平原上，离村很远就能看见那条丝带一般蜿蜒的排道河，排道河是黄河的一个小支流，那是我和小伙伴儿时的乐园。河水依旧哗哗地流淌，可昔日的小伙伴早已天南海北，各奔东西了，那时的欢声笑语也和河水一起流走了。

　　站在村口那座横跨排道河的水泥桥上，我看见晚霞烧红了半边天，下面是刚栽下的绿油油的稻田，偶有归家的农人行走在眩目的金光里，那身影显得灵动而轻巧。河两岸是杂草丛生的芦苇林，还有几棵孤零零的老柳树迎风婆娑。间或传来风吹芦苇的沙沙声，不时有几只鸟叽喳着飞进芦苇深处，消失不见。几只羊被拴在柳树下默默地吃草，放羊的耿老头叼着烟袋背靠着柳树打盹。我没有打扰他，我怕惊醒他的好梦。

这一切都是那么熟悉，仿佛我一刻也不曾离开过。我注视着余晖里波光粼粼的河面，早年的生活情景像河水一般涌上心头。

在我儿时的记忆里，夏天的早晨或者暴雨欲来天气沉闷时，小龙虾就会浮出水面来透气，一般依附在芦苇根或是树根上。这时我会拿个网兜到河边来捉小龙虾。小龙虾的警觉性很高，离得很远我就屏住呼吸，小心翼翼地拨开杂草，轻手轻脚地把网兜放进水里，对准小龙虾的尾部，慢慢地伸过去，生怕惊扰了它。当小龙虾意识到危险时，尾巴会猛地一甩，身子往后一蹿，就直接蹿进网兜里了。此法屡试不爽，当然也有例外，有时踩动河边的杂草，动静太大，网兜还没靠近，小龙虾就蹿跑了。心急吃不了热豆腐，生活中很多事何尝不是如此？

我记得有一年暑假，小龙虾泛滥，我和小伙伴都到排道河里钓小龙虾。我们抓来青蛙或蛇，蛇肉是小龙虾的最爱，但我不敢抓蛇，只好抓青蛙，把褪了皮的青蛙腿系在绳子上，放进河里。起先，那些小龙虾很贪心，夹住了青蛙腿就不放，直到把它从水里拎上来还不肯松开，非得把那块肉夹下来，才肯松手。肉是到手了，可为此却赔上了身家性命。

每拎一次，多时会有四五只小龙虾，少的也会有一两只，最多一天可以钓两水桶。后来，剩下的小龙虾都很精明，它们意识到危险，会立即松开钳子，尾巴猛地一甩，就蹿了出去。再钓就得慢慢往上拎，快到水面，可以看到它时，再用网兜去抄它的后路。总之，魔高一尺，道高一丈。

那年过后，小龙虾就变少了。它们基本都藏在河边自己打的洞里，不出来了。我们只好趴在地上，脸贴着地面，把手伸进洞里去掏。这是真正的技术活，难度极高。能掏到小龙虾的小孩，在孩子群里是相当有地位的。首先你得会找它的洞穴，如果不懂，见洞就掏，很有可能从洞里掏出黑鱼、黄鳝甚至是蛇，蛇的概率极高。刚开始没经验，我就掏出过一条青色水蛇，吓得我哇哇大叫，猛地一扔，撒腿就跑，一个礼拜没敢去掏小龙虾。

后来见得多了，慢慢地就有了经验。在农村，很多事情都是无师自通的。由于小龙虾会不停地往地下挖，挖出来的土，全堆在了洞口，所以，当你看到洞口堆满了新鲜的泥土，那确认无疑就是小龙虾的洞穴了。再透露个经验之谈，当你发现洞口没有新鲜泥土，并且手伸进去后闻到洞里有股腥臭味，那就赶紧跑吧，肯定是蛇洞。

有的小龙虾把洞打得很深，如果胳膊不够长，手就伸不到底。这时铁锹就派上了用场，用它沿着洞口向下挖。我喜欢圆头铁锹，因为用它挖土比方头的省劲。最深的一次，我挖了大约一米才摸到小龙虾。最后就短兵相接了，你的一只手掌将对抗它的一对巨钳。被小龙虾夹到是很正常的事，常在河边走，哪有不湿鞋的。我们小时候皮糙肉厚的，被小龙虾夹两下又算得了什么？我习惯用拇指、食指和中指，三根指头捏住小龙虾的两只钳子，把它从洞里拽出来。历尽艰辛，最后终于拿下，这份成就感是不言而喻的。

一般一个洞里可以掏出一两只小龙虾，两只小龙虾的话肯定是一雌一雄。也有意外，我曾经在一个洞里掏出五只小龙虾，我不知道它们是不是在聚会。有个不成文的规定，遇到尾巴上产籽的小龙虾要把它放回河里。掏小龙虾是个技术活，也是个体力活，是人和小龙虾的斗智斗勇。

后来有了一种更简单的方法，正因为这种方法，排道河里的小龙虾曾一度快要绝迹。有种叫作"速灭虾丁"的农药，一脸盆水里兑上两小瓶，往河里一洒，不出十分钟，小龙虾就全浮出水面了。这时，就连拖着黄鼻涕，走路都会跌倒的邻家二毛，都能捡上一大盆。

到家后，再把小龙虾放进清水里，不一会儿它就又生龙活虎了。我瞧不起这种做法，我苦练一身的捉小龙虾本领得不到一点发挥。我觉得这太下三滥了，就像男孩子打架抓裤裆一样不讲道理。这是一种耻辱，没一点技术含量不说，还毫无荣耀可言。想到这里，我不禁为儿时的正义莞尔一笑……

晚上住在堂姐家。在半梦半醒中，我依稀看见夕阳西下的乡间小道上，有一个穿着裤衩和塑料凉鞋，赤裸着黝黑的上身，晒得黑铁蛋子似的蓬头垢面的少年。这少年似曾相识，我仿佛在哪里见过，一时想不起来。他一手拎着塑料桶，一手扛着铁锹，向我款款而来……

第二天，小外甥一见到我，就把手伸进我的口袋里掏手机，然后低着头捣鼓了起来。我在边上自顾自地说起了儿时捉小龙虾的情景，他不时地"嗯"一声作为回应。我突然想起那个少年，就对小外甥说，我们捉小龙虾去吧。

大舅你看，五杀！我厉害吧！小外甥玩着手机游戏得意地说。

厉害个屁！他听后哈哈一笑。从他的答非所问中，我知道他显然找到了更有吸引力的玩乐。

我独自来到村口的水泥桥上，又看见那少年一手拎着塑料桶，一手扛着铁锹，他黑铁蛋子似的身影在夕阳下的芦苇林里若隐若现，渐行渐远。我突然一阵莫名地心酸，流泪了。我知道那少年再也回不来了。

我想起一位朋友说过，我怀念家乡牛粪蛋的馨香，可家乡没有牛了。多么无可奈何的事，不论你是否愿意，有些东西注定要淹没在岁月里，就像那捉小龙虾的少年，属于他的时代已经过去。

随着岁月的流逝，很多记忆早已尘封，可关于捉小龙虾的记忆，仍然在我脑海里真切清晰。我至今依然怀念那里的平原湖泊，一草一木，以及那些憨厚的笑脸。甚至在梦里，还能听见河水的呢喃，闻到炊烟的馨香，感受泥土的芬芳。

作者简介：苏思远，好读书，不求甚解，喜欢用文字记录生活中发生的美好和温暖。

第三辑 四季流光

江南春色醉人心

七时光

身在江南，最爱她浓郁醉人的一抹春色。

江南的春比北方来得早。立春之后，北方的江河尚未破冰，江南之春已经悄悄走近。"恻恻轻寒翦翦风，小梅飘雪杏花红。夜深斜搭秋千索，楼阁朦胧细雨中"。杏花春雨，烟笼楼阁，乍暖还寒，江南的春色始于一种泼墨般的水色诗意。

云满青山，樵声幽幽，烟波浩渺的太湖上，渔舟轻摇。"水映新荷凝玉露，风吹紫燕聚檐头"。冬天的凛冽之气渐消，新荷散点在绿波静水间，燕子穿梭在百家巷陌里，春雨绵绵不歇。山水朦胧，楼阁亭台亦朦胧，似写意的画卷舒展，江南的早春笼罩在淡如水墨的烟雨中，润了眼，又润了心。

江南多雨水，时大时小的春雨可以持续月余。雨丝漫洒在江南的山、水、人家，笼罩了乌篷船的墨色，沾染了秦淮河的光影，穿越寒山寺的钟鸣，抚过灵隐寺的苍松翠柏，点润了龙井茶树的叶尖。整个江南，濛濛的，似覆了轻纱，又仿佛云落凡尘、天地将合，使人一不小心便坠入乾坤未判的迷惘和期许之中。

春雨是这样无声无息地滋养着世间万物，正如古诗词中所描绘的那般，"殆尽冬寒柳罩烟，熏风瑞气满山川。天将化雨舒清景，萌动生机待绿田。"江南的土地得了春雨的润泽，披上了一件绒绒的、鲜亮的绿袍，春的生机初现。

清溪缓行叮咚，润物春雨无声，江南的早春无一处不是缠绵的柔情。在微雨青山中缓行，撑伞或是不撑，春雨都会浸润你的脸庞和衣襟，温柔是渗到江南水脉骨子里了。不似北方大江大河的锐气逼人，而仿佛是柔情女子的泪，把人的心也润得柔软了。但又不是一味的柔，一味的软，而有着"上善若水，水利万物而不争"的姿态，是一种至柔却能容天下的动人力量，在不知觉间浸润你，滋养你，成为你的一部分。这水色正是江南之春的风骨。

"天将小雨交春半，谁见枝头花历乱。纵目天涯，浅黛春山处处纱"。待到三月中下旬，河湖水畔的柳树吐绿，随风轻轻荡开，划过绿意醉人的清波。嫩黄的迎春花，三三两两，跳动在一片片绿意之间，孩子一般活泼。洁白的、淡粉的、深粉的、梅红的……"争开不待叶，密缀欲无条"，樱花、桃花、梨花、玉兰次第盛放，江南的春色化成一片花语喧阗的热闹。海棠娇羞秀美，在行人的注视中，红着脸；郁金香端庄大气，亭亭而立；油菜花开朗不羁，密密地铺满了田野。真是花如锦，暖风熏，春色醉人。花色的绚烂即江南春色的缤纷，那四百八十寺的钟声仿佛都跟着这一场花事，变得明丽了。

待到清明时节，满地落红，春的繁华即将谢幕。历来文人见此，多感伤，叹"林花谢了春红，太匆匆"，叹"春意阑珊"，叹"惜春长怕花开早，何况落红无数"。其实何必怅惘和焦虑，看那绿野青山，涤人心目，一派初生的欣喜，正是夏日繁盛的预言。

丰饶的江南鱼米之乡又到了插秧、播种、采桑的农忙时节；城镇里人们脱去厚重的棉衣，从冬的沉凝里解放出来，孩子们放风筝、捉蜻蜓，在青草地上奔跑、笑闹。江南的春色便又融进人们期待夏盛秋收的喜悦里，绽放在孩子天真的笑脸上。

江南春色变换如斯，泼墨的浓，留白的淡，花事繁盛的颜彩，落红将尽的沉淀。就像多少女子追求的人生，如这春色般多彩又丰盈的人生。少年时温柔似春水，但也不失乍暖还寒的活泼、俏皮。青年时有春雨般柔韧的智慧，谦逊、与人为善，不骄不躁地成长。待到中年，真诚坦荡，活出自我的锦绣颜色。及至老年，又似晚春，"不风不雨正晴和，翠竹亭亭好节柯。最爱晚凉佳客至，一壶新茗泡松萝"，繁华落尽后，安宁从容自在心间。

作者简介：七时光，生于东北，长于江南，时而质朴洒脱如黑土平原，时而细腻温柔似江南烟雨，兼得直爽与柔情。愿与书香为伴，以笔绘心，记录生命里的爱与感动。

春色燃起的光阴

徐静

四月的春天，一定要有一些美好在文字里发生。这么想时，窗外依旧熙攘，庸常。不远处有树樱花开得绚烂多彩，整棵树都被压垮了似的尽兴，风情，饱满，丰盛。

记得有个人说，这样的季节，要与我一起寻一处花，品一壶茶，无论有没有实现，我都知道，世间的情谊其实与春天无关，与花朵无关。有些爱好与共识，也早已渗透在不可往返的岁月里，而春天，恰好给了我们想要表达的味道、温暖，以及绵绵不绝的情意，想要的，大概也就这样吧。

春天应该有另外一番景象，在颠簸里的渐渐平息，是风里归来的重生与成长，是所有含而不露的圆满。春天，有更加接近自己的本真与纯粹。即便那些花儿暂且不开，我始终都会懂得，所有的安暖、寻常、素静，不过是自己的喜乐。它们迟早会来，或早一些，或晚一些。

那一天，兴之所至，骑车出门兜风。在两侧飞逝的光景中，看到一棵盛开的花树。和平常所见的花树不同，它高大、枝干遒劲、盛开在这寂静的空谷之中。一树盛开的花朵，有种寂静的热烈，与周围的一切不同，却又自在地融入其中，成为一个整体。我靠近你、接近你。凝视、感受。我得以遇见你，你也用你的美好照见我。两两相望。觉得内心有一些东西化解掉了，在这里，我得到治愈和升华。谢谢那一棵花树，也谢谢我自己。

雨水淅沥时看了桃花，那时，桃花只盛开了一部分。站在花前，心想，这样刚好。还会有花开，还有一些期待和盼望。也不会过于繁密、纷呈。貌似我一直都是这样的人，不喜欢全部、完整、圆满，喜欢这迈向全部、完整、圆满的过程。盛开凋落、遇见又离别，短暂而又迅速。但是，彼此照见的那一刹那，仿佛已经是永远。以前觉得一定要把所拥有的全部说光、用尽，才能表现自己。现在则把这些深藏于心。凡不可说的，应当沉默。我拍下许多照片，带回几枝花骨朵儿，就这样和稍纵即逝的花枝招展两两相忘……

在离居住地并不远的汉中，看了万亩油菜花海，黄灿灿的一大片，生机盎然却不惹人妒忌，小小的蜜蜂儿在其间忙碌，嗡嗡的声响散碎热烈，更有几只蝴蝶躲躲闪闪，犹如惊鸿。好奇地看着蜂箱上一只小小的蜂儿跳舞般画着圈，最后领着一群蜜蜂远去。

买了白茶，小青柑，开始学着像模像样的泡茶喝，找来小瓷瓶插满盛开的李花，洁白可爱。摘下一小朵放进茶杯里，格外的美。喝下的那一刻，内心有宛若新生的生命力。

日子一日一日地过去，我有我的好时光，不媚不艳，不浓不烈。大多时候仍喜一个人安安静静，仿佛也只有一个人的时候，才得以安然清透之姿，活成自己了想要的模样。朝夕有尽头，时光没有。尘世迷人之处，想必需要一点自我。偶尔隔开人群，独自清欢，寻岸自渡。

遇阴雨天，读木心先生的字："树啊，水啊都很悲伤的，它们忍得住就是了。"忽而，就有一种不能言说的感动。我们总是在说着草木流水无情，宠辱不惊，去留无意，可又怎会知道，它们，或许也有贪恋，只是，选择了缄默，不说罢了。它们，或许将那些凋落的痛，逝去的恨，也当作日常的一种清苦修行。

某些时候，某些心绪，总是一段一段地呈现，高低起伏，错落无章，无法合拢在一个支点上求取平衡。就如同这忽而阴冷，忽而明媚的天儿，偶尔将温暖遮盖。若时间长河里朵朵的浮萍，苔色跌宕，斑驳纵横，如思绪的生长，会无法克制自己，便会祈求有流光飞扬的时刻，隔着岁月，谁有泼墨？在红尘薄凉的墙上着色，画出清风明月，梅花万朵，点点滴滴的念，如此不经意，又滑落成半卷清欢……

那一枚睡在四月里的月光，被四月的风轻柔地环抱着，如同，是一回身，便可与自己深情对视，持一卷春情，从闲寂的光阴里走出来。那些风月与花事，在墨色之香里繁生，一笔皎洁如羽，另一笔妩媚多情，春，到了此处，原来已然浓烈。路过幼儿园门口，看到老师和孩童玩老鹰捉小鸡的游戏，笑声洋溢，穿透在阳光里，由远及近，心底一片澄明和喜悦。

在四月的夜晚，写下某些眷恋，像一朵花蕾泊在月光丰盈的水面，繁华千千万，不疾不徐，掠过指尖的鹏程万里，交付春色燃起的光阴，远了，近了。

作者简介：徐静，陕西西安人，陕西青年文学协会会员，"原乡书院"专栏作家，"开问"网站签约作家，在《悦读文摘》《青春美文》《女友》等杂志发表文章数篇，有部分作品发表于网络平台。

不辜负一春繁华

马文菊

春，来了很久很久，花儿开了有些时日，而我总是早出晚归，无暇欣赏。

今日归来，家无一人，有点落寞。看窗外，不远处的小区里繁花似锦，便来了兴致，出门瞧瞧吧，别辜负了这春日里的美好。

走近园区，老早就闻到了一股花香味儿，是那种淡淡的蜜糖味。放眼一看，各种花儿争奇斗艳，花红柳绿，美不胜收！无意中，一棵杏树的一根枝条从一棵云杉的身边挤过迎我而来，眼前满树的粉白。花朵簇拥着开放，一朵挨着一朵，一朵挤着一朵，一朵抱着一朵，每根枝条都被这小巧玲珑的花朵裹缠着。手握枝条细细观看，五个圆圆的花瓣围成一圈，中间紫红处吐出嫩黄色的花蕊，这样形成了一朵娇小美丽的杏花。她像一个美丽的姑娘不施粉黛，却显得是那么的清丽与雅致！

向前几步，一树桃花开得正艳，满树的绯红。她好似一个打扮得十分妖艳的女子，用尽了浑身的解数，恨不得把所有人的眼球都吸引过去。是啊，你看，她果真太有魅力了，那桃树下的小孩捧着落花尽情地玩耍！那漂亮的女人拿着手机在桃树下摆着各种姿势自拍呢；还有那老奶奶说，桃花开得真好看！

　　是的，是的，我也被这桃花吸引了。那桃红的花儿真是太美丽了，太好看了。还有那含苞待放的花骨朵，像一个个紫红色的小铃铛，挂在枝条的最前端，有的夹在花丛中。我才明白，原来花最先开放时，是在每根枝条的分岔处向枝条前蔓延相继而开，所以枝条最前端的花蕾还未开放。我想折几枝花蕾多的枝条，把它插在花瓶里，看着桃花在房间里慢慢地绽放。想让它的花香飘满屋子，萦绕在我的身旁。我甚至还想把这春天多留几日，让整个世界每天都是繁花似锦！可是，我最终还是忍住了。

　　再看看，左边那满树金黄色的花儿开得正艳，它们像一个个小小的黄喇叭挂满每根枝条。又像小时候父亲给我买的小气球被我吹炸了，前端炸出了几缕布条状。它们颜色是金灿灿的，黄得非常透亮，黄得非常彻底，黄得更是那么纯粹与洒脱。感觉这周围的树木都被它映黄了，就连我的脸都被它映黄了。我纳闷，这是什么花儿呢？开得这么好看，这么俊美。打开手机百度查寻了一下，原来这树的名称叫做连翘，别名一串金。哦，怪不得是这般的黄，如金子般的黄，原来跟它的名字有关呀！

　　看，右边那棵榆叶梅满树的桃红，真是艳丽无比，美不胜收！走近一看，桃红的花儿一簇一簇地开放着，裹满每根树枝，每根枝条简直就是一根美丽的花棒。可以毫不夸张地说，它简直就像一团熊熊燃烧的火焰，非常热烈！

　　还有那小区路两边的柳树，排成长长的两行。千万根枝条轻轻垂下，柔软轻盈地飘逸着。每根枝条上面吐出了好多嫩绿色的细叶，每两片细叶之中夹着一条绿色的"毛毛虫"。呦，柳树也开花了呀！看这花开得不惊不乍，不浓不艳，和叶子是一个颜色，是多么沉稳淡定！这让我想起了丁立梅老师写的一篇文章《每一棵草都会开花》，蒲公英会开花，狗尾巴草会开花，最终写到最不出众的人也会开花。那么我想，每棵树也都会开花的吧？柳树的毛毛虫，杨树一串一串的小绿豆，还有榆树上繁繁的金榆钱，这不就是它们开的花儿吗？而我的花期会在什么时候呢？

　　远处的那棵梨树，你也来凑热闹了呀！像一座屹立的雪山，在阳光之下白得发光似的。走近看，每朵花瓣都是那么的素洁与柔软，薄薄的，如绫如绸。花朵也是那么的娇嫩，有种楚楚可怜之态。这便让人有了怜悯之心，更舍不得去碰它。但是，很多蜜蜂可不这么认为，它们在花丛中尽情地飞舞，尽情地玩耍。这不正是这梨花的纯洁与美丽，才使这些小小的天使活跃了，欢腾了，喜爱了吗？

　　还有那几树紫色的丁香花不是也开得十分美丽吗？一串串的紫，满树满树的紫，多么典雅、高贵，也给人有种说不完的幸福感和神秘感。不写了，不写了，凭我的这支笔怎能写尽这春花的烂漫呢？怎能把它们的美表达得淋漓尽致呢？只有闲时出去走走看看，才不会辜负这春日的美丽。

　　我被这些美丽的花儿完全俘虏了，想着，我也要变成花儿，也要把我所有的美，把我满腔的热情和本领，奉献给这个世界，让人们感觉到因我的存在而更加美丽与幸福！

　　作者简介：马文菊，女，回族，宁夏固原人。沉香红学习班学员。热爱写作，喜欢用文字记录生活。曾在《葫芦河》《大众文化休闲》《六盘山》等报刊发表过数篇文章。

四月里的乡野

袁秋茜

四月，我回到村庄，拥抱自然的春天。

清晨，我在鸟儿的啁啾中醒来，睁开朦胧的睡眼，看到的是生机盎然、万紫千红的乡野。久居城市，很少接触这样清新自然的风景，于是，空泛的心一下子就丰盈了。

我喜欢站在枇杷树下梳头，看着那挂满枝的绿色小枇杷，微风过处，送来阵阵果香，仿佛小桥流水旁清幽的歌声似的。还记得过年时的那场大雪，纯白色的枇杷花与雪浑然一体，置身其中，恍若进入仙境。三月的风吹落了花，四月的阳光照在鲜绿的果子上，面对一棵亭亭如盖的枇杷树，我不由得联想翩翩。

梳妆完毕，我和妈妈搬着小桌子坐在枇杷树旁吃着早饭。一碗清粥，半碟咸菜，几粒花生米，简简单单的早饭，两人吃得怡然自得。乡野里的风，温柔地抚摸着我们的脸庞，给我们带来了花草的芳香，我们品尝着春天的盛宴。我和妈妈边吃边聊，把一寸寸的时光绣成记忆里的锦缎。

　　一上午，我都在田野里转悠。阡陌交通，鸡犬相闻的乡间，有太多美好的事物。最让人迷醉的便是那金灿灿的油菜花海，满山坡地生长、盛放着，明晃晃的一大片。它们声势浩大，就像战士英勇地开疆辟土，占领了大半的田野。无论你走到哪里，都会看到它，河边、屋前、麦田旁、榆树下……不开得轰轰烈烈不罢休，不惹你过去瞧两眼不甘心，很直接，也很纯粹。

　　然而有一种花，虽和油菜花一样到处都绽放着，却小心翼翼得很。那就是矮小的荠菜花，白色的花很小，开在绿色的荠菜叶间，十分不起眼。荠菜花是容易被人遗忘的，但它也有属于自己的春天，不为迷人眼，只为真正地活过一场。我蹲下身子去看它，忽然就想到了顾城的那首诗："草在结它的种子，风在摇它的叶子，我们站着，不说话，就十分美好。"

　　低下头去，还能看到很多花草，在春风里盈盈地笑着。蓝白色的婆婆纳，娇小嫩气地藏在绿叶间；淡紫色的泥鳅草，就像青藏高原的格桑花纯洁美好；橘黄色的蒲公英，这一堆那一撮地开着花；还有那车前草、马蹄金、翠云草等，都在田里茂盛着呢。无论是花，还是野草，都有属于青藏高原自己的特点，我虽不能一一识别，但每一种植物都能带给我莫大的欢喜。

　　在田野里转累了，便又回到自家的院子。那一树的梨花，开得实在是太好，满枝皆是，就像聚在一起谈笑风生的姑娘，白皙的皮肤里透着粉红，活泼着又娇羞着。杏花倒是谢得早，现在枝头已经挂着指甲盖大小的杏子。李子花也是，本来就很小，风一吹便掉光了，枝上只有绿色的叶子在摇晃。还是桃花比较应景，像是一团粉红色的云，映得观望的人的脸微微红。多好的院子啊，多好的果树，它们该开花的开花，该结果的结果，一切都自然有序。

　　到了饭点，我压着井水洗土豆上的泥巴，清凉的水从手缝里流过，像丝绸一般顺滑。井水是农家人的宝贝，用它洗衣、洗菜、煮饭。它来源于大地，也会回到大地，是城市人无法感受到的自然的馈赠。

午后的时光，我坐在板凳上看书。读的是月山行主编的《静默如谜的生活》，他采写了安妮宝贝、余秀华和苏白，通过他们的生活和人生态度，来告诉我们芸芸众生，总有小众、独特和坚守内心的人。他们在寺庙里修行，在乡村中读诗，远离城市的繁华，与自己和解，与自然相拥。我读着文字，一点点走进了他们的世界。

我欢愉地坐在微风中，手中有书，身前有花，抬头可以看见蓝天，低头就能看到家养的小狗在摇尾巴。这样的日子，不用焦急地去想方案，不用慌张地挤地铁，不用看头疼的数据，不用听着无聊的会议，身心皆是自由的，放松的。

余秀华说，她不需要朋友，只要一个干净的院子可以读诗，那就足够了。成名之后的她，并未离开村庄，因为在那里，她是自由的。庆山说，这个时代科技发达，它对我们的包裹和捆绑过于紧密了。要保持一定程度的出离。我很认同她们的看法，一个人在乡野里读书、写字、赏花，修身养性，度自己的春光，实在是顶好的生活方式。

在城市的喧嚣中疲惫了，就回到乡野吧。在四月，过一段远离尘世的村居时光，让自己的心平和些，从万物生长中得到一些真谛。这个世界不会为你也不会为任何人而改变，唯一可以改变的是我们自己的心。只有自己的心得到了治愈，变得丰盈起来，我们的周遭才会默默改变。这是自然给我的一些领悟，让我庆幸自己回到了村庄。

如此的乡野，美得让人痴迷。如此的日子，如诗如画。朋友，你是否也想来这里过春天呢？

作者简介：袁秋茜，笔名木兰溪。江苏南通人，喜欢用文字记录生活中发生的美好和温暖，一边走，一边爱。有微信公众号"墨路相逢"，愿能与更多喜爱文字的朋友相逢，书写人生中的难忘时光。

敬畏春天遇见蔚蓝

刘萌

诗人说，春天是雪水流过窗前低低的足音，是白杨穿过秋叶微微的叹息。是青蛙整齐的合奏，是蜜蜂单调的短歌。于是，在诗人敏感的嗅觉和慷慨的赞扬下，我们度过了西安最寒冷的冬天。

我所看到的春天，是写字楼外石子路边开满枝头的桃花争艳，被风撩拨得含羞时，撒下一地的花瓣；我所看到的春天，是蒙蒙细雨浸泡滋润过的泥土松软，被冲洗过后繁盛的嫩芽伸着懒腰钻出地面。我所看到的春天，是大地散发出各种花草的清香正在阳光下弥漫。经过严冬的审判，万物受到催化、刺激而蓬勃发育的生命形成一种氛围和情态，它们弥散的气息反过来又刺激、催化别的生命。仿若琴键上流淌的音乐，只需轻轻一按，于是阳光便把美丽的情欲注入世间。

春天，就是有着这样一种特殊的活力，扮演一个经历了坎坷、熬过了各种辛酸苦楚、看尽人世百态的母亲，依然对自己的孩子充满疼爱，不厌其烦地告诉他们，乌云不会恒久地霸占你的天空，阳光总会想方设法地穿透它，带来希望。

她有着一只神秘的手，轻轻拂去你额头的怨念，传递温暖和信念。虽然你撅着嘴说，天空里依然有雾霾飘散，它让你模糊视线，看不到瓦蓝。但她笑着对你说，雾霾只是体重超常了的笨旧的云，被天空开除，掉到了地面。

她说得那样不紧不慢，风轻云淡，好像这只是一番朦胧的诗意，一派优雅的无形。她从不怀疑雾霾会散去，那时天空会显现它该有的澄澈和明亮，虽然调皮的太阳总是喜欢藏在这笨旧的"云"里跟我们"躲猫猫"，可我们赖以生存的自然，绝不会就这么纵容它玩得太久。风会呼啸着来，雨也会尽情地抛洒，它们齐心协力洗刷这天空，然后还给你期待的清冽和醉人的蔚蓝。

于是，在春日里独有的蔚蓝之下，我们见到细雨斜风，见到淡烟疏柳，见到新燕啄泥，见到浅草没马蹄，见到孩子欢快的笑脸，散学归来在草地上奔跑，放着纸鸢，在这拂堤杨柳里深深地醉入春烟，醉入这迷人的春天。

我们把风筝当作天空的信号，是春天的使者。让它寄托着我们对自由的向往，和展翅飞翔的愿望，来与天空、与万物倾诉我们的梦想和衷肠。然后意识倏然清醒，生出敬畏蓝天，爱护自然，珍惜春天的夙愿。开始积极地植树造林、治污减霾、清理河道、节约能源，我们努力地呼唤，让更多伙伴加入到保护自然、人与自然相和谐的生活愿景中，坚定地守护我们心中的诺言。

我们不能在车流滚滚，人潮汹涌的城市里继续浸泡于雾霾之中，深陷轮回。我们奋力拨去那些停留在空中浑浊的气体，以及掩藏在心间那尚不明了的妄念。发起与自然相和谐的心愿。将心中积攒的太多浮尘和自私无节制的欲望，以及心头积郁已久的霾赶走。

让心底变得清澈，让这蓝天长存，让这尚好的春日，在阳光的灼热普照下，熠熠生辉。让每一个人都深知，环境与人从来都息息相关。我们期盼着更多人能够体会这春天的美好和短暂，懂得珍惜，守住内心的纯净，也守住生活的栖息之地。

　　人只有在经历过磨难和打击之后才会重新体会到生命赋予我们的美好意义，才会敬畏自然的神力。让我们继续用心守护好这生命的绿色，共筑更多美好的蔚蓝，为子孙营造绵长之福吧。

　　作者简介：刘萌，爱阅读、爱旅行，向往诗意生活的古都女孩。多篇文章发表于《滁州日报》《南方法治报》《重庆日报》《文化商丘》《女友》《大众文化休闲》《塞北文苑》等报纸杂志，已出版《精怪物语》《你的光芒不必隐藏》《千妖百魅爱上你》故事合集。多部剧本拍摄成故事短剧，在陕西电视台二套《百家碎戏》栏目播出。

海风中的笑声

墨荷·熙子

去年夏天我去济州岛看海，海水在晨光的辉映下，碧波荡漾，湛蓝清澈，坐在灰褐色的大礁石上能看见躲藏在墨绿色海藻里的小鱼儿。黄昏时，去海边散步，在夕阳的涂抹下，大海被染成了一片金色，站在金色的海岸上，看远处的海，吹着温柔的海风，聆听着阵阵涛声，禁不住心潮澎湃。

一样的大海，有着不一样的感觉。

北方的海，它灰白相间透着淡淡的蓝，恢宏壮阔，浑厚苍茫，像一位胸怀宽广，成熟伟岸的北方男子一样神秘、从容，让人萌生想去探索它的欲望。又如成熟温润的女子那般深情、温婉，散发出迷人的魅力，让人沉醉、痴迷。

看见了朝思暮想的大海，大人小孩都欢呼雀跃了起来，甩包，脱鞋，卷起裤管，光着脚丫在松软的沙滩上奔跑，欢呼着扑入大海的怀里，尽情地享受着大海的拥抱。我打小是怕水的，迟疑着不敢下水。人群中传来鲁老师的叫喊声："妹妹，赶快下海一起玩儿啊，这感觉太美妙啦！"一些激情的青年朋友面对着大海，双手罩着嘴巴，昂着头，扯着嗓子大声嘶喊着："嗨，大海，我来了，大海，我爱你！"声音响彻云霄，在浩瀚的海面上回荡，让生活的压力在辽阔的海天之间尽情地释放着，燃烧着。

看着大伙都那么的激动兴奋，我也禁不住诱惑脱了鞋子，融入欢乐的气氛中去。

赤脚踩在沙滩上，有点儿痒痒的，沙子柔软细腻，走几步就感觉很舒服。一波海浪涌上来，猝不及防的我被热情的浪潮润湿了裙角，吓得我匆忙往岸上跑，没跑两步，浪潮却已退去，我又大胆地往前几步，"哗"，一波更大的浪潮袭来，随着我一声惊叫，半截裙摆已然湿透，再看那恶作剧的海浪却又迅速地逃跑了，我的窘态逗得大伙哈哈大笑。看着潮汐一波一波涌来退去调皮可爱的模样，我也没有先前那么紧张了，干脆将裙摆撩起，打了个结，系在腿关节处，毫无顾忌地站在浅滩处任它恣意地拥抱亲吻，洁白的泡沫依偎在裸露的脚踝，是那么的温柔、那么的缱绻，纵使一块寒冰也会被这般的深情温润融化掉的。

在大海母亲的怀里，我们仿佛都变成了一群无忧无虑的孩子，大人小孩手牵着手，围成一圈，泡在海水里，赤脚藏进泥沙里，裹着一团团水花，埋进又伸出，伸出又埋进，不停地攒动，像是踩在棉花上一样，软软的，糯糯的。在柔软细腻的泥沙里触碰到滑滑的游动着的脚丫，痒痒的感觉伴着咯咯的笑声，那种久违的温馨与欢畅又在身边环绕了起来。我仰望着蓝天，看着飘荡的白云，有点晕晕的，像是醉了酒的样子，一低头，一个踉跄，老公一声惊呼，倾身揽住，赶紧挽着乐不可支的我上了岸。我们坐在沙滩上看着孩子们在海水里追逐嬉戏，悦耳的笑声一波又一波地在海风中回荡，涌动的海水追着欢快的小脚丫开出一朵又一朵的花，真是好看极了。

疾驰而过的游艇送来一波大浪，浪潮飞涌上岸"哗"的剥去了沙滩的外衣，露出了她珍藏了许久的宝贝——五颜六色的海螺，孩子们一阵欢呼，飞奔过去拾起捧在手心，惊呼自己的幸运，竟收到了海妈妈馈赠的精美礼物。紧接着又满怀喜悦地蹲下身子在沙土里找呀找，刨呀刨，希望神奇的海滩奇迹再现，我们也猫着腰帮着寻找。在一阵阵欣喜的叫声中，她们从沙滩上飞奔过来，手心里捧满了大大小小各式各色的海螺，伸出沾满沙土的小手，指甲缝里都嵌满了沙子。我笑着说："小孩子就是眼明手快，比我们挖得多，还比我们的漂亮。"孩子们笑得更灿烂了，我递给她们纸巾，擦了擦沾满沙子的手，小心翼翼地将贝壳一层一层包好，放进贴身裤兜里。看着她们兴奋又小心的神情，好像是挖到了金子一样，宝贝着呢。

平时不愿意拍照的两个孩子，在美丽大海的诱惑下也摆起了优美的POSE，露出了好久不见的八颗牙齿。俏皮的海风吻过孩子可爱的脸庞，吹开了少女内心包紧的花蕾。即使海风拨乱了她们靓丽的长发，遮住了她们的脸颊，也遮不住心底汩汩流淌出来的欢乐。

鲁老师夫妇瞧见孩子们欢乐怡然的模样，看着魅力无比的大海，此刻的他们竟像一对热恋中的少男少女，手牵着手在浅水中漫步。只见鲁老师兴致盎然地拾起一粒鹅卵石，弯腰一侧身"嗖"地掷向海面，小石块如蜻蜓点水般在水面画了几弯优美的弧线，又如小鱼儿似的"扑通"一声跳进海水里，泛起的涟漪伴着她的欢笑在波光微澜的海面一圈圈荡漾开来。轻松愉快的氛围激发了鲁老师的雅致，我依稀记得她即兴作的那首满含少女情怀的诗句，蕴藏着道不尽的温情：

　　此时
　　浪花，大海

拂过我的肌体
再次羞涩了我的情怀
万里海天相接处
我渺小如尘埃
在你的明目中
甘心晶莹剔透
……

　　诗如其人，真美，可惜我只记了一小段。
　　身旁一座 T 型木板铁索浮桥悬于海岸之间，一直延伸到大海的上空。桥上一位阳光帅气的中国摄影师正在专注地为一位漂亮的外国姑娘拍照。孩子们好奇地拽着我走上了浮桥。姑娘侧脸凝望着大海，身穿金色沙滩裙，粉白粉白的肌肤、修长而性感的身姿，斜倚着栏杆，柔柔的海风吹起她飘逸的长发，确有绰约飘然之姿。我们轻步向前，听见小伙子一口流利的外语由衷地赞美："OK，oh，You are so beautiful！"
　　姑娘温柔地笑着，用不太流利的中国话回应："哦，谢谢，谢谢你，是这里的，风景很美。"她耐心地配合着摄影师转换不同的角度，当她面向我们时，她那蓝滢滢的大眼睛热情洋溢，笑靥如花。我满含笑意地迎着她的目光，带着孩子们轻轻地走到浮桥的另一端。
　　孩子们站在高而深远的浮桥上，手扶着栏杆，面向静美的大海，仰望着空中展翅的海鸥，萌动的目光追随它的身影越过辽阔的大海，飞向神秘的苍穹……
　　拥抱着碧海蓝天，倾听着欢声笑语，凝望着海风中轻轻摇曳的波澜，心啊，也随之颤动着。

　　作者简介：墨荷·熙子，本名，康金席，陕西安康人。喜欢用文字记录生活中的小趣味，小欢喜，小感动。微信号：k1 799255578

早秋的乡野

陈晓晖

岭南的季节总是比北方慢一大拍，初秋了，却丝毫没有清凉的秋意，也不见萧萧的秋色。

早晨八时许，走在家乡的田野上，阳光炙热，如同正在燃烧的火炉，慢慢地烘烤着大地。立秋刚过，气温依旧保持35℃，强烈的阳光晒在脸上，有丝丝灼热的痛感，天气炎热如同盛夏一般。

乡野的植物欣欣向荣，绿荫如盖，有细长的甘蔗叶颤悠悠的淡绿，有香蕉叶垂挂如百褶裙的浓绿，有会长脚的百香果叶的深绿，还有野草丛中挂满灯笼果的浅绿。这些深浅浓淡不一的绿呀，静静地披在大地上，似一张毛绒绒的绿毯子，一直伸向远处的山篱。高低起伏的山峦也是绿色的，如玉带蜿蜒爬行，绿润葱郁的山林，在阳光的照射下，绿得发光、发亮。

天空澄静碧蓝，白云似一朵朵棉絮，紧紧地贴在蓝天上，似乎怕一不小心，会摔落人间；又似纱裙，飘忽忽地挂在半空中，好像在等着天上的仙女前来试穿。天蓝得纯粹，云白得皎洁，远远望着，赏心悦目。

天空是高远的，大地是宽阔的，田野是静谧的，它们浑然一体，而我好像是多余的。

空气里有丝丝薄雾，若有似无地飘来泥土的气息，还有草木的清香。路边紫色的牵牛花恣意地绽放，旁若无人地四处蔓延；青翠欲滴的茑萝爬满了篱笆墙，叶子如绿针，似绿线，密密麻麻地长在碧绿的藤蔓上，一面绿意荡漾的墙就这样自然地长在田垄间，上面还点缀着数朵红艳夺目的茑萝花，像小小的五角星，贴在绿墙之上。绿是清绿，红是艳红，诗意无限地写在安静的田野里。

小路旁茂密鲜绿的牛筋草，还残留着清润的小露珠，挂在草叶尖上，在阳光下闪烁着光芒。昨夜露似珍珠月似弓，今早月儿已远，骄阳如火，露儿洒泪。

人生亦如朝露般短暂，抓住草叶尖也无法阻止时光的流逝和更迭，那就静静地成为一滴露珠吧，像星星一样明亮纯净，如珍珠般晶莹剔透，安享乡野夜的美和清晨的静，当太阳升起之时，灿烂地吻别大地。即使无法永恒，也要闪闪发光。

阳光越来越耀眼，晒得头晕。耳边忽听叮叮咚咚的流水声传来，不禁心生凉意。田间纵横交错的小沟渠，流水潺潺，清澈见底。细水长流，源源不断，浇灌和滋养家乡的这一片田园。

"问渠哪得清如许，为有源头活水来"。这水来自前方清幽翠竹边一条流动的水沟，水沟旁有一个方圆50亩的菱角池。池面上铺满了深绿色的菱叶，飘荡着细碎的小浮萍。放眼望去，一望无际的绿，像草原一样辽阔无边。

碧绿的菱叶间飘着六艘小舟，舟上的采菱人头戴斗笠，双手为桨，边划边采摘菱角。我的耳边不禁响起古老的《采菱曲》："菱角何纤纤，菱叶何田田。""采菱秋水旁，惊起双鸳鸯。独自唱歌去，风吹荇带长。"

此刻，蓝天下，碧波上，成群的蜻蜓，数只云雀，两只白鹭，一舟一人一笠，宛在水中央。这样的乡野美景呈现在眼前，似真如幻，让人忘了身处何方，今夕是何年。如一幅淡淡的水彩画，清新生动，浑然天成。

蜻蜓不安分地翩跹起舞，从菱池飞到果园，从果园飞到田地。它们有着五颜六色的身体，靓蓝、深红、青绿，美得让人眼花缭乱。我不自觉地追逐着蜻蜓，跑在乡间的小路上，抓不住也要无限靠近它，只为一睹其芳颜。

浅浅的谈笑声，从田垄间传来，在田间劳作的乡亲，正在收拾农具准备归家，宁静如水的田野突然热闹了起来。原来，刚才他们都隐藏在玉米地里，在甘蔗地里，在青枣丛中，在各类瓜果藤下挥洒着汗水。

在青翠的田野间，我还是发现了秋的影子。地里的苦瓜藤、黄瓜藤、丝瓜藤有的开始枯老，叶子渐渐黄落。也许再过不久，这满园的繁绿会被秋色所代替，那时秋水已瘦，徒留残叶败花，惹人悲秋。趁现在秋风未起之时，我赶紧把眼前乡野新秋的鲜绿，水草肥美的丰盈，收进眼底，珍藏心间。

作者简介：陈晓晖，笔名陈钰栩，现居广东汕头，喜欢草木和山野。有文章发表于《潮州日报》《亳州晚报》《九江日报》《青年教师》《女友》《大众文化休闲》等报刊杂志。

眉仙山

祁筱慈

儿时，听爷爷讲：世外高人，归隐于山中，云雾缭绕的山上住有神仙。我一边听一边拿着小板凳，坐在院子中爷爷种的高高的美人蕉花下，扎着两只小辫子，一双胖乎乎小手托着下巴，一对大眼睛一眨一眨地望着大雁飞过天空，好奇那高高山顶上住着的神仙，是什么样子呢？他会很多功夫吗，一定很厉害吧……

时隔多年，内心仿佛还是那个好奇的孩子，那份一直缺憾的美无数次穿过我的心灵。曾想，如若我生于古代，不管披星戴月，还是跋山涉水，即使穿越湖海荆棘，历经沧桑，也定要骑上那匹千里马，不为成仙，只为在红尘中寻到你仙气飘然，拥抱我的样子。

在这个冬日下雪的季节里，我日夜兼程走进了眉仙山。山下有雨，山上白雪皑皑，温度差异大。临时买了雨衣鞋套，行进于一路险峻的山路，忐忑与欢喜并存，似乎我思念了它许多年，今日终得上山与我心心惦念的"神仙"相遇了。

　　山下是红尘，山上云雾好像为红尘中添了精髓，一棵棵数不清如此浩瀚的树挂，雪花静静地游在云雾间飘落，如同一轮明月与一净湖水相融，那种强大的孤独感，那些曾在山下怅然若失的神情，在雪落山林中，不由得泪流满地。不知为何，很想听那曲《关山月》，好友说如此美景，怎听这首曲，我未作声，心却惊觉"幽谷深处无人知"，飘渺的悲凉。于山谷中走着走着，我惊觉对这千韵眉仙山，原来早已被我爱入骨中不知几生几世！在那一刻只愿修成眉目如画，一种接近自然生命的节奏，愿执一念，与雪舞伴，看莲花开，与巍峨的它，一起上金顶，为山下半野山色点一柱香，只为这要命迷人的眉仙山，惊艳了我儿时对"神仙"向往的唯美。我感觉得到，它早已拥我入怀。

　　山中行，白雪间，见那些浩然洁净动人的树挂中，生长着一棵百年老松，我抚摸着它似乎在雪中风中都能包了浆的大树干。我贴着它，心里念着：老松，我是踏月而来。它好像听见了一样，丢下一枝树挂上的霜雪，不做声，仿佛在寻着四季轮回。而我，此刻只想幻化成这片雪山，带着归思和淡淡深深的白明雪光，守着这棵老松，随风，入梦，留存心底，会是怎样的灵魂与血液中的碰撞呢？

　　置身于山间云海与这棵老松相伴才知，姿态的谦卑，才能看清它如此恢弘气壮的样子。忽然想到，那日与好友喝茶，她说我没有佩服谁，但我只佩服不管吃多少苦经多少难，一生只对一件事物入迷到天地可知的人。她这位茶人朋友一辈子与茶共处，每年春天都会进入人迹罕至的山林中寻找古茶树，途中会遇到各种突发状况，比如蛇出没、野猪突然窜出来……当然也有意外收获时，遇见刚蹿出来的竹笋、新露头的蘑菇。道路坎坷，一天走上百里路是正常，但也收获了别人活不到的人生。一年，她的茶人朋友在江水滔滔的岸边，看到一棵3000多年的古树茶，当时这位茶人激动得泪流满面，那种心情无须用语言表达，瞬间失语的这位茶人,向着千年茶树就跪下了。是啊,在那样的大山河下,与天地相比,他是多么如此渺小的一个人啊。如果我在场,想想,我也定会那样做。看着漫天飞雪,只因你大气的胸怀而暖霭。

眉仙山,这千年光阴,平了山河的山,冬走春来,有多少故事倾心诉说,莫负年华应是珍惜人心中碰撞出相遇的融会,对生命而言,只有用心才能感受到活着得过瘾。在雪打松的老树下我席地而坐,只想在这幽山雪林中,抚琴听雪声,与这眉仙山一起温茶煮酒,等月下来临,在天地间与它相坐对饮。一种静心岁月坐地成仙的感觉,生出莲花一片,与美成仙。心底的那份柔和也似清泉般的净化出一瞬青山、遐意、宁静、淡泊、孤寂、意味、境然……

寸心起云涌,缥缈雾吹风。
雪连仙玉带,衣纹洒无声。

与眉仙山相视,听它气概万千之声,真想醉居于中,只愿这一生,清茶布衣,粗粮淡茶,每一秒都过成山上的光阴,用大气心看山下人间,清淡飞扬,山下山上坐看云起,闲过余生。

作者简介:祁筱慈,《女友》杂志编辑,《北海文学》杂志副主编,半亩书香文学网签约作家。坚信人活着,有点兴致是必须,自己创造出生活给予的喜悦也是必须。喜爱写作,唱京剧,画画,研究美食,捣鼓花草,品茶赏壶,打乒乓球,逛古玩城,去村子里收集些老物件。提笔抒性情,与琴艺为伴,书画为友,在余音绕梁,天真闻妙香中,流连于花草茶香,感受生活之美,和一切好玩的事情打成一片,用一生做好文艺这件事。

人间繁华尽在秋

七时光

　　绿意深浓的枝头，一片叶的叶尖悄然褪了颜色。风起、风落，再也支撑不住，飘摇而下，将枝头的沙沙声换作簌簌的浅唱。一路从山间唱到城郭，唱入阡陌，唱入一只大雁的羽端，唱入一池寂寞的残荷里——寂寂地等待人去发现那甘凉滋润的莲藕。那样寂寥，那样萧索，却又掩藏生机无限。

　　这萧索是欲扬先抑的前奏，倏然一转，落霞鸿雁，秋水长天。

　　天空敛去夏的炽烈，树叶随秋声而动。一枕新凉，梧桐满阶。梧桐早知秋，第一个淡去夏的浓绿，开始渲染秋的多彩烂漫。《花镜》有言"此木能知岁"，它将叶片托付清风，或扶摇而纵跃于青天；或触了窗檐下的老风铃，"叮咚"似要将秋声报与人听；或离了风的怀抱，而去亲近那余温未散的土壤。

　　凉风有信，满目芳华。叶落而暑退，人也从盛夏的燥郁里解脱，感受到秋的清明爽朗。檐下有扑棱棱倦鸟归巢。鸿雁来，玄鸟归，迁徙、捕猎、收获，生命因忙碌而热闹了起来。"日移南径斜晖里，割稻陌阡车马驰"。大半年的努力耕耘，只为这一季"尘埃落定"的累累果实。冬雪、春花、夏日，皆是美景，但最可喜的时光还在这新秋之季。

北国之秋飒爽豪霸，尽情挥洒欢情与离恨。入秋不久，已是层林遍染的绚丽，硕果压枝弯的饱满。种麦打豆、摘石榴、拣柿子、收山楂、摘棉花。枫叶流丹，满山云锦。用一次浓墨重彩地绽放，完成对这一季生命的告别，热烈得叫人心生敬畏。

经历了孤独地潜藏和等待，经历了萌动时的青涩与慌张，经历了野心勃勃的追求和经营。这一刻，黄叶金风，饕餮朵颐。莲藕、板栗、红枣、梨、柿子……再没有比秋更丰盛的季节。所有的失去，以另一种方式归来，付出过的，都会在这一季收获。

秋雨渐凉，草木变色。小小的桂花一夜之间开满树，藏在暗绿的叶间，不惹人眼，却把香气播撒在行路人的鼻端。沁人心脾的甜香，把所有山村水廓都攻陷了，把人也醉在风里。

人在江南，此刻也感受到了沁肤的凉意。微凉的风，拂来隐隐桂香，一如这江南的秋，馥郁温柔。走在街巷间，绿意仍在，似夏日的余韵幽幽不散。银杏却不知何时已是金黄，白果落地，有哔啵轻响，使人恍然从夏的长梦里清醒，已是深秋。

江南的秋味，是几种浓淡不一的香，有时在鼻端，有时在口中。桂花糖清甜，蟹膏黄浓郁，菊花香淡雅。举目望去，田畴葱茏，芦花轻扬，寒轻菊吐，橙黄橘绿。石蒜花似小小的火苗，星星点点地燃在绿丛中，让人觉得暖。诸般好处，直让人感叹"青山隐隐水迢迢，秋尽江南草未凋"。

江南的秋是如此柔软，融着旧日情怀。让人可以守着一方净土，看一处繁华渐入平淡。

夜渐长，清风凉，阶下露光闪闪，与月色相映。是"白露暖秋色，月明清漏中";是"相思黄叶落,白露点青苔";是"白露垂珠滴秋月";银蟾光满的中秋之夜,不知是明月给了人绵绵思念的缘由,还是白露给了人岁月更迭的感伤?

"向深秋,雨余爽气肃西郊。陌上夜阑,襟袖起凉飙"。疏雨潇潇,天寒夜长,秋曲已入尾声,草木摇落,带起肃杀之意。繁华之后,尤显寂寥。

气势磅礴是秋,萧瑟落寞亦是秋。盈而不骄是秋的智慧。"持而盈之,不如其已;揣而锐之,不可常保"。看遍了前半秋的云霞迤逦,转身,也要能承接住后半秋的冷雨和寒风。把荣枯都看淡,内心空明,湛然朗朗。

"竹风醒晚醉,窗月伴秋吟"。秋的诗意在于沉思,在于放下。与浮华尘世里的花开花落,缘来缘去,再做一次畅快的道别。收获之后,忘怀得失,才见质朴、闲逸的本心。如《道德经》中所言"致虚极,守静笃。万物并作,吾以观复"。人生的意义终究只能向内心去探寻。人生一世,草木一秋。心静了,才能懂得生命循环往复的道理。

秋的浓丽张扬,秋的温情丰盈,秋的浪漫诗意,秋的萧瑟悲凉,是四季菁华的凝露。没有一颗果实,从一开始就是果实。有些景色让人念念不忘,是因为承载了回忆和故事。来了就珍惜,离开就放下。人生如旅,不是所有人都会去向同一个地方,却都经历着苦乐相间,得失更替的四季。

秋至,秋逝,一眼繁华,一眼静寂。万物由动而生,由静而归根。人生五味,皆在这一季绽放和消亡的递嬗中尝尽。在岁月之巅畅怀尽欢,在繁华落幕后重回纯真。

作者简介:七时光,生于东北,长于江南,时而质朴洒脱如黑土平原,时而细腻温柔似江南烟雨,兼得直爽与柔情。愿与书香为伴,以笔绘心,记录生命里的爱与感动。

一起去看雪

曾于佳

> 细雪飘然天清凉，淡妆粉黛舞轻盈。
> 遥望落雪思回旋，不见故人着新装。

看着漫天白雪，好想认真地拥抱雪。那皑皑白雪，漫天飞舞，千里冰封，万里雪飘。犹记得你曾轻声低吟的那句："霰雪纷其无垠兮，云霏霏而承宇。"我看着你肆意地开怀大笑，如孩子般开心，而我低头浅笑，泪水却泛滥了。那雪地里有我们踏过的痕迹。或深或浅，慢慢地融入雪中。不舍得那是对雪，对你的想念与眷恋。仔细端详起雪。相映远，约略颦轻笑浅。不知是我的泪水融化了雪的温度，不知是这个姗姗来迟的春天抚慰了这个凄冷的冬天。

也许冷暖自知。

出生在 11 月应该是属于冬天的孩子。我喜欢恣意于雨，更钟情于雪。雪是冬天妩媚多姿的尤物。可南方，雪是稀罕的，独有"千飘雪点地，似雨似无形"的谦卑。

北方的雪，爱它"忽如一夜春风来 千树万树梨花开"的柔情；爱它"五月天山雪，无花只有寒"的寒美；爱它"柴门闻犬吠，风雪夜归人"的暖意；爱它"溪深古雪在，石断寒流泉"的千姿。南方，我的故乡，我很热爱。但，我要奔走在一个有雪的地方。记得卞之琳讲过，我们总是在别人的风景里仰望别人，回首，才发现我们也成了别人眼中仰望的那道风景线。然，有人告诉我，雪里隐约着青春的消息。所以我更要奔走。

雪，不似细雨飘摇，缠缠绵绵；不似春风招展，滋润万物；然而，雪有着属于它的色彩，它可以像任何事物，可以像细雨般缠绵，可以像个少女般高冷孤艳，亦可以像个冷酷的杀手，抹杀一切。

雪，是天空送给大地的礼物，正如那句谚语"冬天麦盖三层被，来年枕着馒头睡"，所以北方的人们最是盼望冬天能下一场又大又厚的雪，只为了来年能有个好收成。

每年，当天空飘起了细雪，我总喜欢伸手接住，还不待细看，它就消失了，仿佛一位害羞的少女，掩面而过；又仿佛一个调皮的小孩，踏着欢快的步子，去找其他的小伙伴了。雪似有形又似无形，总是悄然而至。怀念在北方的日子，白天一开窗，眼前一片苍茫，捧起一把雪，不似在南方，稍纵即逝。细细观察，看看这晶莹剔透的花朵，如何装饰这大好河山。

洁白晶莹的雪花，不染半点污浊，在这片洁白之中，忆起韩愈曾写的"白雪却嫌春色晚，故穿庭树作飞花"。好似人一般，有着大无畏的精神和舍己为人的品质。

看着雪花飘零，似精灵轻舞，似彩蝶纷飞，悠悠白雪，纯洁而干净；不似人间美物，高冷而孤艳，宛若仙子临尘，以六瓣之姿飞舞，却又稍纵即逝，若时间般，从指尖溜走，不可捉摸；雪花飘零，带来的不是孤独寂寥，不是思绪满怀，是希望，是对未来的憧憬，冰封万里，挡不住春风吹拂。

只要有了希望，哪怕在寒冷的冬日，也会迎来春日的到来。

作者简介：曾于佳，素爱亚麻，酷爱远行，钟爱文字。

雪

亦文

离一年的结束，还有两天，长冬无雪。

雪到杭州，想到明天是最后一天了，这一年的，这半生的。

傍晚，从公寓出来，有东西落在脸上，凉凉的，抬头看，是雪。在下雪，是下雪了。雪伸出了手，小小的雪花落在手心，倏的一下就化了，雪的心也跟着动了一下。

从健身房回来的路上，雪洋洋洒洒，趁着路灯的光，好看得像是神话传说中仙女撒下的洁白羽毛，一片一片，毫不吝惜地、铺天盖地地，满心欢喜地，扑了下来。在路上走，踩着地上的雪发出轻轻的咯吱声，雪的心也跟着松了。

次日晨，拉开23楼的窗帘，外面白茫茫，像是大地初始，雪后的灵隐寺一定人满，雪决定去净慈寺，净慈寺坐落在西湖边，看得见雷峰塔。

雪盖在了寺的飞檐、画壁，百年古刹美不胜收。茶室人不少。提前拜了熟识的师傅，留得位子，雪进来时，茶台的水已然沸了，师傅准备的红茶，古树普洱，小碟的干果亦是雪欢喜的，面对茶室的窗坐下来，门在身后。以前，雪都是坐在茶台的侧方，方便旧人。

轻轻撑开茶坨的外纸，雪开始洗茶，习惯了把茶洗开以后再泡，旧人说，这样会失去了茶的初味。雪每次也是不理，只管等着茶散开了，再洗一次，才泡。落雪的时候，旧人总是会提前到，收集好寺里静处的雪，煮了，沉着，往复三次，递给雪，今日看这水也似从前煮好的雪，师傅细心至此，雪很意外。

水沸到鱼眼状，雪在氤氲的水汽里，回过神来，旧人远离，说过了再见。

茶叶散开，雪开始泡茶，这宜兴的茶壶，和苏州的一把连形状竟也相同，第一泡，按惯例雪倒了两杯，一杯旧人会喝，一杯雪只用来热杯器。今日，对面无人，拿起茶，要倒掉，身后有声音传出："茶还热，给我吧！"不用回头，听得出是旧人。雪的眼睛热了一下，旧人坐到了侧方，接过雪手里的茶杯。

旧人从身后看到雪着青衫，挽了松散的髻。头上的一只簪，松木，多年过去，新如当初。

没有谁先开口。

茶是第二泡，雪看着炭炉上的壶，重新氤氲出水汽，湿了双眼。

一城再见，一城再见。

这一岁的尾。

这一生的冬。

她城。他人。

放下执念，没越过过往。

疾未起。旧人如约而至。少年失约，仅一次。你讲过的，早已兑现。

看着禅院冬树上的积雪沿着枝条、叶子点点蜿蜒开来，隔着窗，像是开满了花。

雪停了。

炭火发出温暖的光。

作者简介：亦文，定居苏州。爱写字，爱读书，爱人世间一切美好事物。

第四辑　不负韶华

我的小河

黎晓蓉

我遇到了一条河。

那是在我很小的时候，一条河从我的家门前流过，时而明媚，时而热烈，时而忧伤，又时而冷冽。从初春到盛夏，再从深秋到寒冬，我的河，在山里慢慢长着，我也慢慢长着……

每当春光穿透冰封的寒冬时，一切都变得暖和起来了。我的小河，也一点点张开紧皱的身子，随着春风轻轻地舞动，好似一位婀娜的少女，妩媚了整座山川。周围的草木也为之动情了，争先恐后地从泥土里冒出头来，好一睹小河曼妙柔软的身姿。村里的农人也纷纷跑了起来，忙着从河里引起水来，灌溉在田里，再弯着腰一棵一棵地插下秧苗。等着一大块田都被他们亲手栽种完了，便跑到我的河边上，用手捧着河水大口大口地喝起来。喝饱了，再满足地抬头看看太阳，微笑着，将两鬓的皱纹留在河里，好像这日子，只要有小河在，便是有盼头的。我的小河，也满足地漾起了波纹……

在大人都忙着争春光的时候,我也背起了竹篓篓,在河边割起青草,喂养家里新买的小猪。沿着河岸,从上游割到下游,青草被割了一大片一大片,但它们好像被河水养着似的,越长越茂盛,我的青草也越割越多,家里的小猪也越长越大,我也越来越开心。在河边,不禁咯咯地笑起来,原来,只要有小河在,我的春天,就有着数不尽的希望。

一不小心,火辣的太阳,从天空里冲了出来,炎热的夏季,到底是奔放的!这个季节,小河成了我尽情顽皮的地方。每到晌午,我和小伙伴趁着大人午睡的时候,偷偷溜到河边。此时,烈日烤得地皮都干裂了,河面呀,好像也被太阳晒蔫了似的,无精打采的,没有一丝波纹。我们脱掉鞋子,卷起裤脚,扑通一下,跳进河里。萎靡的河水,刹那就被我们点燃了,一圈一圈的纹路向四周扩散开去,"扑哧扑哧"的声音此起彼伏,河沙也被惊扰了,霎时从河底卷涌而起,像一阵沙尘暴朝我们袭来,小河顿时就被我们搅得天翻地覆。水里原本自由的鱼虾,也被吓坏了似的,四处逃窜,躲进一个个石缝里。等河水平静下来,我们便开始布下天罗地网阵,扒开一块块石头,从它们四周围剿,趁它们一不留神,便迅速进攻。这些鱼虾,也不是轻易就妥协的,它们只要感觉到一点动静,便能从指缝间光溜溜地逃走,我们连尾巴也抓不住。唯有可怜的螃蟹,两只大钳子成了败阵的把柄,最终变成了我童年里意外的美食。

等到太阳落下山去,我也要和我的小河告别了,夕阳下,一串串脚印还留在河边……

热潮在八九月份会慢慢退去,农忙时节也渐渐地舒缓了,我的小河,似乎也变得沉默了。而我,在这个深秋,好像也沉默了,常常独自一人捧着一本书,沉浸其中,偶尔,疲惫了,便抬头望望远方,小河的身影一不小心就是我最熟悉的风景。我坐在家门前,望着她不慌不忙地流过我的屋前,有时候,我会想,为什么只有这一条河,为什么每天她都会来到这里，她的家在哪儿？她有家吗？

我试图帮她找过，那是在一个深秋的傍晚，我不经意间闯进了小河的世界。她安详得没有一丝波澜，默默流淌着，历经每一寸土地，每一座村庄，每一处蜿蜒，每一次跌落，她好像流浪了很久很久……她从哪里来？总有一个源头吧，只要沿着小河的上游一直走一直走，我相信，我就可以找到她的家。于是，我好奇地沿着河岸逆流而上，拨开河边的荆棘丛，跳过一块块小石头，再绕过一片片麦田，闯入了一片更加深沉的林子。但这时，天空沉了下去，黑色慢慢席卷而来，我一个人置身于这大山荒野的低处，不禁有些恐慌。但小河好长好长，我还没有找到她的家呢，那应该是一个小洞吧？或者是石缝里藏着的巨大的宫殿吧？总之，不是眼前的模样，我继续提着胆子再试探着向前走去，心跳也开始加重，步伐不知不觉慢了下来，黑夜越来越重，快压下来了，我不禁害怕起来，不敢再向前走去。望着被高高的大山夹住的峡谷，我依然在想，小河，你的家在哪呢？

这是一个我至今也无法知晓的答案，但那次寻找，永远地停留在了我和小河的秋天里……

在我找到她的家之前，不知不觉，冬天已经悄然而至。小河，似乎变得更加孤单了，孩童戏水的热闹散场了，老牛解渴的满足不需要了，女人幸福的捣衣声也渐渐消失了……我的小河，也不说话了，收敛起了以前的热烈和奔放，独自，穿上冰冷的盔甲，与每一道寒风战斗。她紧紧地积蓄和爆发着自己全部的力量，与每一块顽石碰撞，与每一道险阻抗衡，与每一道急流共舞，我仿佛听见了，她激昂的咆哮声，震耳欲聋，响彻山谷；四溅的水花，高扬在天空中，像极了南方冬日里片片飘零的雪花，那是她战斗的鲜血还是疼痛的眼泪？我不知道，但那永不低头的姿态，是小河教会我的一生的傲骨！此时，我的小河，就像一位勇敢而又悲壮的战士，迎接着每一个未知，即使孤独，即使冰冷，即使会被撞击得粉身碎骨，但她从未停止过向前的步伐！

　　她从何而来，或许已经不重要，但我知道，她从未停止，为了这远方，她滋润了一块又一块土地，喂养了一座又一座村庄，跨过了一道又一道险阻，现在的她，已经不再是那个弱不禁风的少女，不再是孩童顽皮的模样，而是一位饱经沧桑与磨难的勇士！我要写下我的小河，将她的希望、快乐、孤独和悲壮，写进我生命的河里！

　　作者简介：黎晓蓉，笔名：轻轻。喜欢徜徉在文字里的90后女孩，一名普通的小学语文老师，热爱瑜伽、舞蹈、写作、书法……在这些热爱里真实地表达自己，爱着自己，爱着生活。告诉自己，无论生活在哪一片土地上，都要用心种出春暖花开！

遇见一树桃花开

易若冰

这几天心情郁郁的,诸多烦心事压在心里,又接二连三地遭受打击,只觉生活苦闷,前途渺茫。下班后独自拖着沉重的脚步走在回家的路上。

经过小区的拐角处,一阵花香迎面而来。来不及收拾心情,带着一丝惊愕,就被这浸染了蜜糖的香味儿,扑了个满怀。只觉得一缕沁人心脾的芬芳,由鼻腔倾泻而下,经过胸腔,灌满了四肢百骸。顿觉身心一轻,连那笼罩心里多日的阴霾都似淡了几分。细细嗅去,这味道不似百合那么浓郁,也不像桂花那样清幽,它不浓不淡,不厚不薄,不张扬,亦不单调,甜蜜却又不甜腻,好闻极了。这美妙的香味儿使我想起小时候,一个人躺在那开满野菊花的山坡上,眼前是大片大片的金黄色,夕阳染红了半边天。那漫山遍野的花香气也如这般,芳香中浸着丝丝蜜糖的甜味儿,让置身其中的我忘了烦忧,忘了归去。

眼下,这不知名的馨香绊住了我的脚步,使我不能前行。于是索性停下来，闭上眼睛，深深呼吸。任由这带着无限活力的香味儿一次次席卷过五脏六腑，将心里的烦恼与忧愁一扫而空。

沉醉在这花香里半晌才回过神，忙去寻那香气来源，目光所及，却是一棵开得正盛的桃树！哦，是了，漫长的冬季已然过去，此刻正是阳春三月，万物生长复苏的季节。我还沉浸在冬的萧冷里，春就这样带着温暖与惊喜与我邂逅了。

还记得这棵桃树去年枯萎了大半年，干枯的树枝在萧瑟的秋风里摇摇欲坠，焦黑的树干没有一点生命的迹象。我曾一度以为它会在某一天从小区里彻底消失。没想到她在这个春天又苏醒过来。此刻，她正精神抖擞着伸展她的枝条，送出她的花朵，迎着春风热烈地绽放开来。开得那样绚烂，那样不顾一切，似是要把之前失去的芳华全都补回来！可不是吗？你看旁边的那几丛迎春花在这样的对比下早就黯然失色了。

桃花是争春的花朵，叶子还没长出来，那淡淡粉色的花朵便爬满了枝头，一朵挨着一朵，挤得满满的一树，密密匝匝的。成千上万朵娇俏的花朵儿将树干和枝条遮得严严实实的，在阳光下泛着微微的光，一眼看过去全是跳跃的小精灵。那娇嫩的花瓣儿可真多，层层叠叠的，在微风中极尽风情，好似一个个多情而娇媚的女子正在舞动裙摆，又似那温柔的情人在耳边轻轻诉说着，呢喃着，嗔怪着。不知不觉中摄了人的魂魄，醉了人的心神。

想起大文豪苏轼描写桃花的一首诗：

　　争花不待叶，密缀欲无条。
　　傍沼人窥鉴，惊鱼水溅桥。

桃花就是这样，总是第一个向我们报告春的喜讯。水还微寒，风还微冷，大地还未彻底从冬的萧瑟里醒过来。桃花才不管，她就是要争先

133

恐后迫不及待地展示生命的热烈来。哪怕时光短暂，哪怕会遭遇一场冷雨，甚至一场春雪，她依然要义无反顾地告诉人们：春来了！希望也来了！

一阵风过，几片花瓣从枝头摇曳而下，轻柔地飘落在我的鼻尖、手腕，带着微凉的触感。我感动于和这小小精灵的亲密接触，一动也不敢动，生怕惊醒了这一场春梦。

直到腿站麻了，月亮爬了起来。月光下桃花看得不甚分明，像是一团云雾，微微地泛着白光。不似白天那样热烈，夜晚的桃花显得有些疏离，还有几分神秘。那密麻麻的花朵投下一片阴影，遮挡了底下有些丑陋的树干，如果不是蹲在这里仔细看，我也一定会忘记，这曾是一棵枯萎了大半年的树。

原来，这看似枯萎的树干是在积蓄力量，酝酿着酝酿着，只等春的那一刻喷薄而出。她在黑暗中蛰伏了多久？又忍耐了多久的严寒与霜冻？在那些看不见希望的岁月里，她又是怎样一点一滴地积累着营养和水分，才能在这短短的几天里，将花开得如此极致？

曾几何时，我也如这桃树一样，遭遇了人生的冬天。便是这样的一个春天，遇见了这样一株盛开的桃花，让我懂得了：人生的旅途并非总是一帆风顺，生命的精彩，正在于它的跌宕起伏。假如身处低谷，也不要轻言放弃。有时候看似身陷泥沼，其实又何尝不是一种别样的际遇。与其在困境里自怨自艾，不如活成一棵树的姿态，把根深深地扎在地下；把叶努力地伸向阳光；把每一次的暴风雨都当作锻炼自己的机会；把每一次的严寒酷暑都当作提升自己的修炼。不断地汲取养分，不断地积蓄能量，不断地成就全新的自我！

那些打不倒我的，终将使我变得更强大！

"君子藏器于身，待时而动"，风云际会，机缘一到，也许你便是那个逆风翻盘化茧成蝶的人！

我站在树下，被这满树的芳华摄了心神，迟迟不肯离去。

作者简介：易若冰，85后大龄女青年，白云机场前安检员工，现为自由职业者。爱好文字、旅游，向往无忧无虑的乡村生活。自嘲"被生意耽误的文艺女"，希望有生之年在享受生活的同时能写出雅致的美文。

暗夜里生出了花

于宸

曹孟德说，孟冬十月，北风徘徊。

已是露浓花瘦，沿着落叶上清晰的脉络，一路向西南，追溯大学时代那些与青春有关的日子，人生也真的如坐车一样，过去的景色那样美，让人留恋不舍，可是你总是要前进，要离开，然后告诉自己，没关系，以后肯定还要再回来看看的。

生命在时光的隧道中只是短暂的一段，在人的旅途中，总有睿智的思想绽放出绚丽的火花。

曾经试图拒绝成长，可历史潮流的涌动与齿轮的旋转，谁又能够逆转……日子就那么不紧不慢地走过去，如平静的湖水，激不起半点波澜。诗人说：一回首一驻足，我们都会惊叹，因为我们以为只是过了一天，哪知道时光已经过去一年。

毕业八年了。再次走进学校图书馆时，我毅然走到了文学书库那几排书架前，突然就像是被几千米高空的瀑布灌顶一样：净化了心灵。

　　托尔斯泰为战争与和平的声嘶力竭；荒漠的高原上鲁迅在呐喊；孟德斯鸠呼唤自由、卢梭批判现实；辽阔的撒哈拉上是三毛见到荷西时的欣喜若狂；突然18世纪的上空划过一道闪电，那是伏尔泰的倡导：让文明服从思想！

　　康桥上徐志摩挥手告别了人间四月天，灿烂的天空中陨落了一颗流星，自从世间少了一位浪漫而又多情的诗人，沙扬娜拉！江南幽深雨巷里寂寞地徘徊着，那是撑油纸伞的戴望舒，他希望逢着丁香一样结着愁怨的姑娘；于文化的苦旅中，余秋雨在历史与现实中穿越，一叹千年……

　　开始怀念童年时代拿着一个泥人就能玩一整天的时光。

　　真所谓，独上高楼，天涯路何处。

　　手里翻开的是一本于丹的《庄子心得》。

　　记得在这里上学的时候，在一本日记的扉页抄录下了庄子的这样一段话：藐姑射之山，有神人居焉，肌肤若冰雪，绰约如处子，不食五谷，吸风饮露，乘云气，御飞龙，而游乎四海之外。

　　之所以把它摘录下来，是觉得这段文字在飘逸之中，发散出超凡脱俗的智慧气息。这样的气度，足以让人一生景仰；这样的境界，虽穷一生不至而心甘情愿。若干年后，再读庄子的诸多哲学名篇时，发现自己最喜欢的依然是这篇《逍遥游》。

　　读庄子的著作，就像饮一杯味道醇厚的美酒。

　　在里边，你找不到什么是非之辩，也找不到什么善恶之别。读着它，你慢慢就会陶醉，你会觉得一切远你而去，甚至美酒的味道也远你而去，你的精神将遨游于六合之外。

　　年少时不懂庄周梦蝶的真切内涵，及至现在不敢说自己成熟，在身上的棱角逐渐磨平之后，似乎懂得了这一典故；谓之为何：忘掉自己的偏好，就能与宇宙天地相交融，并将得到大美，得到大乐，这种乐无法

137

用语言文字表达，它只能停留在悟道者的心中。

记得我也有过类同的体验，往往在那种情境中物我两忘，虽没达到至境，但足以让人忘记俗世的一切烦恼。

所有年岁都可成诗。

抬头发现四周寂静，图书馆里空荡无声，只留我一人，方知已是夜幕四合，天边明月照人圆。

李白有诗云："古人今人若流水，共看明月皆如此。唯愿当歌对酒时，月光长照金樽里。"

月光一泻千里。

人生的趣处，是不知明天会发生什么，但最有趣处，却是你为你希望发生的事情努力。

夜正浓，遥问故人可知否，心中望相逢，旧人梦，明月带走问候，彩云追着月儿走。

作者简介：于宸，出生于1989年，白羊座。不务正业的工科女，像天一样真。

惊艳了整个童年的青蛇

刘婷婷

每当进入梦乡时，总有一片绿色麦田出现。每当想起儿时时光，总有一个人让我铭记在心。每当与狗儿玩耍时，总有一条青蛇猛然间窜入眼帘。

回忆起往事，令我难忘的还是童年的夏季，农作物刚好快速生长。于是经常与礼拜天回来休息的表哥一起去野外给小羊羔寻草食。灰菜、山苦荬、茅草、狗尾草、牛筋草、车前草、痴头草等等，这些野草整整伴随了我整个童年。你可别小看这些野草啊，那些小羊羔和小猪都是吃它们长大的，每次我一拿卜麻袋去田里的时候，很是兴奋。缘由很简单，田地里自由，空气新鲜；无论怎么大喊大叫都无人约束。

有一次，我和表哥去一个到处是山沟的麦田里，那里的野草繁茂，我俩满"袋"而归。不过那次出行让我第一次感到恐惧，很少哭的我竟然在田里大哭起来，身旁的表哥也怕得要死。其实我们遇到的也不是什么庞然大物，只是一条蛇而已，皮色青绿，嘴头发红，信子忽出忽进看起来很恐怖，第一次碰到，肯定要哭要跑要屁滚尿流。

当时我正拔狗尾草，没瞧见草下有东西存在，拔起草的时候，感觉脚下好像有东西在游走，低头一看，青绿青绿的且很长的东西在草里蹿着。我脑袋一热，神经变得紧张起来，便大叫一声，吓得表哥从远处奔跑而来。

表哥惊慌失措地问我："妹妹，怎么啦？"

"哥，你看我脚下，那东西在咬我啊！我害怕啊！"

表哥低头一看，说了一个字"蛇"，然后拉上我手撒腿就跑，我俩硬是一口气跑到了另一块田地，停下喘口气时，却被眼前满田的油菜花吸引了。小小的金黄黄的盛开的花骨朵，惹得我们很兴奋，迷醉中那条青蛇带来的恐惧也消失了。

我俩一边欣赏油菜花的美，一边继续为家里的羊羔和猪儿找食物，太阳到天空中央的时候，表哥说："妹，晌午了，咱们该回去吃饭了，我都快饿死了！""哥，我也是，肚子都叫了好几次了……"

我俩带着小羊羔和小猪儿的美餐满"袋"而归，表哥扛着沉重的杂草，在前面走着；我劲儿不大，于是就拖着麻袋追着表哥跑，汗流浃背的！

我俩除了收割野草外，还会在村后的山坡上放小羊羔，家里的狗儿也和我们一路玩耍。山坡上的草绿油油的，虽不高，但供羊羔吃饱还是足够的。有时我还让表哥上树拿鸟蛋呢，他在树上拿鸟蛋，我看着一群四处串游的羊羔。可是每次拿下的鸟蛋都打碎了！弄得我很不开心。表哥很听我的话，让他做什么就做什么。让他把鸟窝的小鸟儿拿下来给我玩，他毫无犹豫地拿下来给我。那时候的表哥真好，也许是他很宠爱我的缘故吧！

后来表哥上了初中，回来的机会甚少，但一回来我就拉着他上山玩，每次游玩都会碰到有趣的事，上次是蛇，这次幸运的还是大青蛇，再次看见它，我依旧惶恐和好奇。之后我问表哥："哥，那个满身都是绿皮的蛇能拿在手里玩吗？能不能吃啊？……"那时在表哥眼里我就是"十万个为什么"，问题问得他常常大笑不止，我问他为什么大笑？他却说："妹啊，你真有趣呀！"

　　可是我还是不解，之后也不说什么，还同表哥一起大笑。

　　其实当时那条青蛇受伤了，有点严重，背上到处都是血，头上满满的血道，好像被刺猬刺的，也好像被老虎爪子挠的，到处都是伤口，细心的表哥怕它疼，小心翼翼地把烂布条用手慢慢地从蛇肚子下穿过去，从这一端到那端用布条裹住了伤口，拿绳子绑了起来，随后我顺便拔了几根绿草给表哥，让表哥把蛇头包扎了一下，蛇很听话，没有一丝的反抗，安安静静地躺在地上，任由我们随意摆弄，好像家里养的土狗一样，一直顺着我们的心意，又好像生病了的人一样，任由医生处置。

　　后来这条大青蛇也是奇怪得很，对我们也友善得很，包扎完毕后，我们与它玩，它很听话，不伸舌头，然后任我们摸它，青绿青绿的肤色真好玩！好想带回家呀！那时我心里一直这么想。也许表哥猜到我的心思，一本正经地对我说："妹呀，它们都属于大自然，山坡、野草丛、山洞、地洞才是它们真正的家，所以我们要放它们回家，像它们放我们回家一样，所以啊，我们也得回家了……"

　　表哥的话意味深长，那时候的我尚小，完全处于懵懂状态。还好，我们放生了那条大青蛇，释放了我们的善意，放大了我们的快乐与幸福；它们会自己找到回家的路，而我们也能找到回家的路，回家的温暖。

　　许多年过去了，表哥已成家立业，我也做着自己喜欢的事。

　　童年的时光里包含的东西太多太多了，所以一直会留恋不舍。像那时的明月、山川、田野、村庄里的一切，羊羔、小猪、小鸟、玩伴、家人，甚至还有独特的情感；这些我实实在在地拥有过，也在慢慢地失去！

如果当时我们没有一起为羊羔和猪儿觅食，没有遇见青蛇，没有经常出去游玩，我想我们的童年生活该百般无趣了……

我享受平淡无奇的生活带来的空白，也享受奇遇美妙后带来的精彩绝伦。

如今童年回不去了，那条青蛇或许也离开了大自然，但我的生活依旧丰富多彩。

有人说一个人在童年经历了什么，长大后人生态度就是什么样的！

后来发觉好像就是这样子，我不会伤害野生动物，所以爱极了家畜——狗儿、猫儿、羊儿。为什么这么说呢，野生动物在大自然，我们经常触摸不到，但家畜随处可见。我不喜欢悲伤弥漫身旁，所以常常微笑待人，微笑面对现实、面对生活。

无论明天如何，人生如何，都不如童年与表哥放生大青蛇那一幕来得感动，来得热泪盈眶。那一幕也像极了我曾埋葬三只小猫的画面，那一个个幼小的生命就这样走了，谁都不忍心目睹，包括在场的自己。

正因它们的存在，我的童年有趣且善良可爱。

是它们惊艳了我的童年，也惊艳了我往后的岁月，善良且明媚；热烈且欢悦。

未来又是什么模样，还是靠我自己去创造，开一家宠物医院还是写书品茶，这些都是未来的样子，我很是期待；希望未来都是我想要的样子！

作者简介：刘婷婷，95后，一个喜爱文字的"脑瘫"姑娘。

慢的艺术

陈可欣

一张垫子，一个天下，无论在哪，都在悠长、连绵不绝的呼吸之间。

"力出于根，双脚平铺于地，脚指舒展。感受脚掌内缘与外缘间互等之松沉之力逐渐贴合地面。脚踝松沉，沉入脚心，内劲回流于涌泉。"

踩于垫子上，触碰坚若磐石般的大地。身心驻足于此刻，整个世界沉寂下来。

如若聆听手指拨动琴弦的声音，琴声清越，缥缈于天地间，山林中，时远时近。

如若时光里蕴含着一汪清泉，涓涓细流，潺潺流过，幽幽水韵，声声怡人，别有一番滋味在心头。

人与地、与天、与琴、与心，觅得合一，即如"心如朗月连天净，性似寒潭彻底清"。

今日，又再次翻阅着朱光潜先生所著之书。一行行字映入眼帘，像是先生坐在面前向我道来，身在其中，如此亲切，如此共鸣。

他言及："艺术的创造之中必寓有欣赏，生活也是如此。'觉得有趣味'就是欣赏。你是否知道生活，就看你对于许多事物能否欣赏。欣赏也就是'无所为而为的玩索'。"

前几年刚学习太极瑜伽时，常有人说，太极瑜伽如一门艺术。以前听这句话，心里会有无限的迷茫。当我不断反复习练再去品读到这本书、这章节的时候，渐渐懂得，所谓的艺术，无非是人与物之间、时间与空间之间的完美无缺。

真正的艺术代表着它是有难度、有深度的。如一件艺术品的完成，需要灵感、需要时间，慢慢雕琢，才会成为真正的艺术品。

难度在哪里？

难度在于须修一颗慢下来的心。

观呼吸时，吸气时，气息缓缓而入。呼气时，气息缓缓而出。

有时，在这车水马龙的世界过活，恰如在山谷中乘车兜风，匆匆忙忙地疾驰而过，无暇回首流连风景。

有时，终日拼命和蝇蛆在一起争温饱，忘却了生活同在于物质与精神之中。情趣丰富，心愈饱满。

深度又何意？

一颗慢下来且欣赏周遭的一切万物心。

来到世间，不如意事十常八九。月有圆缺，万物有阴阳。

记得，曾经两年间往返医院，我以为我的生命就此结束，不复燃烧。

日日伴着深渊里的哀鸣声只求苟且，怨上天的不公，为何将我置身浪漫时光中消磨殆尽。

之后，在习练太极瑜伽过程中，进入单臂缠丝中。

"力出于根，移动重心至命门，旋动右臂，推小臂，旋腕旋掌，腹的内圆推动气由背起，出肘出掌，按掌向下旋动大臂小臂反向运行时，一股庞大的气流与掌与臂相互碰撞。"

那一刻，身体在告诉我，生命亦如此，有顺有逆，当逆时，会有很多困难，坦然感受着不完美也是美。

践行中，我放慢了心的步伐，慢到聆听到步伐之间无缝对接时的波动。

当路过正怒放的桂花树时，我驻足下来，闭上双眼，闻到一股一股淡淡的清香扑鼻而入，似有若无却穿透骨髓。

微开双眼时，不以艳丽的色彩取胜，不以妖娆的风姿迷人。那淡淡的黄，巧巧的小，粒粒的点，星星似的缀于绿叶之间，微风拂过，弥漫在缥缈与现实之间，随风飘散，满院暗香。

一人一事，一草一木，一顷一刻，皆有风味。

还记得上一次，驻足下来聆听缓慢呼吸声是何时吗？

还记得上一次，驻足下来欣赏清香花开是何时吗？

慢下来，如你本来！

作者简介：陈可欣，十年瑜伽教学经历，中医康复理疗师，国家色彩心理分析师，坤厚载物太极瑜伽师资认证。

风筝

三山半

照理 12 月的南方，湿冷。再加上北风，刺骨得很。可今日这风是慢悠悠往背上爬，倒挠得骨头轻飘飘的。

每到这个时候，环湖边的大草坪便极受欢迎。

一到周末，有不少带着小孩子、一家好几口来搭帐篷、野炊的。前一秒还是偌大的空草地，不一会儿这儿扎一小堆人、那儿扎一小堆人，很是热闹。

有小贩绷着一根大粗绳子，放着"喜羊羊美羊羊懒羊羊……"，眯着眼半躺在草坪上。各色各样的风筝串在一起，时不时飘起来、又落下去，甚是有趣。

"爸爸，再高一点，再高一点点！"小女孩涨红着脸，指着空中的风筝跑着、跳着、叫着。

"燕儿，放心，爸爸最会放风筝了。""喜洋洋"迎着风，就这么来回打着转儿，尾部的两根彩带一通上下左右乱舞。

"啊，爸爸，风筝要掉下来了！"女孩跺着脚，鞋子使劲往下使劲，推着爸爸的屁股，迎着风跑起来。

一旁，在毯子上坐着的女子捂着嘴笑。

她小时候也喜欢放风筝。

家后头是一个大门紧闭的机械厂。工厂倒闭后，父母去了外地工作，她习惯跟自己玩。她最喜欢在起风的时候，在空地上飞奔，看着风筝飞得高高的，仰着脸望天、望风筝，出一身汗，累了，晚上便睡得香些。

有一次，风筝被刮到机械厂里头，她又是折树枝、侧身钻，又是伸手抓的，但怎么也够不着。她使劲扒着门缝，眼巴巴盯着落在土里的风筝，手上、衣领子上、裤腿上都落下一片一片不规则的铁锈印。

这风筝，是她的宝，父亲出门前特意给她做的。她还清楚地记得那个起风的日子。父亲去李二爷家讨来竹料，用小刀磨了很久很久，再扎紧，糊上纸，描红。是最最普通的样式，迎着风却飞得很稳当。

父母离家后，她便把风筝靠在桌子边，一考一个100分，就画上一笔。

父亲说了，只要画满，他们就回来了。

这时，风筝被一只手拿起来，从门缝里伸了出来。

她伸出沾满铁锈的手，愣了愣，接过。门缝边响起一声轻轻的笑声。她回身便跑。跑出去好远，缓一缓劲，手往衣服上蹭了蹭，又蹑手蹑脚走回去。她眯着眼睛、透过缝看，一个和她一般大的男孩正抬头望着天，又忽而看向门缝。那是一对明亮、友善的眼睛。

她后来再没遇到这个男孩。

大一些，上学了，体育老师让带着风筝上课。她的宝贝风筝早已经磨损得厉害，飞不起来了。

那个喜欢她的男孩子攒着零花钱，去小卖部买了一只老鹰风筝，装作酷酷的样子，一把塞她手里。旁边传来同学"哦……"的声音。她红着脸，把风筝推到三八线那头。

放学了，"老鹰"又静静躺在了她的抽屉里。

她看向他。

他羞涩笑笑。这个风筝，她也保存了很久很久。

她后来也没再遇到过他。

后来，她工作了，相亲了一个男生。

一次约会，正好看到有卖风筝的。男生说他特别会放风筝。可绕着草坪狂跑了几大圈，风筝愣是没飞起来。

"说好的会放风筝呢？"她假装生气的样子问。男生挠挠头，笑了笑："今天看样子风向不太对，下回再试试。"

他们走回去的路上有一片草坪，一个穿着蓝色工作服的父亲带着小女儿，正在锄草。小女孩大概五六岁的光景，看到他们，便松开手里抓着的一把杂草，直勾勾盯着风筝。

男生弯下腰，把风筝递给小女孩。

小女孩看向除草的父亲，父亲点点头。女孩懂事地笑笑："谢谢哥哥、姐姐。"她捧着手里的风筝，跑跑停停、起起落落，嘴里说着："飞呀飞呀！"

风很柔，他们走在春风里。回头看，一大一小两个身影朝这边挥着手。她觉得暖洋洋的。

"妈妈，你看呐，风筝飞得高不高？"燕儿问一旁的女子。

她一边看着冒着汗狂跑着的男人和孩子，莞尔一笑，说："别跑太疯了，出汗容易感冒。"一边从保温袋子里拿出早上做的面包、切好的苹果，整整齐齐地放在毯子上。

跑呀跑，走啊走，冬天就这么过去了，日子也就这么过去了。

她抬头望天，风筝啊，再飞得高些吧。

作者简介：蔡晓菲，笔名三山半。原大学生村官，现乡镇公务员，喜阅读、爱公益，力图以平实质朴的文字，写平凡人鲜活的烟火故事。曾在《大众休闲文化》《女友》《大学生村官报》《昆山日报》《三十九篇》《昆山文笔》等报刊上发表多篇作品，公众号三山半。

空气凤梨

木兰

在2014年一次上海奇特植物展上,我了解到了空气凤梨这一神奇的植物。此次活动的策展人是新加坡籍植物学家Martin Slaw。一进展馆,我就被眼前的一幕吸引住了。与其说是植物展,不如说是一场艺术展更贴切。整个展馆像一个摄影棚,幽暗空灵,灵动的空凤景观墙、枯木逢春的盆景、精美的空气凤梨手捧花,伴随着射光灯释放出的光芒,创造出了一张张精灵般的影像。

空气凤梨潇洒地悬挂飘浮在半空中,体态轻盈,有的不到10厘米,有的可达2米,甚至更长,有的还绽放着鲜艳的花朵,既能赏叶,又可观花。它们形态各异,有的植株呈线状,有的呈莲座状或辐射状,叶片有披针形、线形、弯曲或先端卷曲状。叶色除绿色外,还有灰白、蓝灰、玫瑰红等。Martin告诉大家,一般空气凤梨开花时叶片会变红,这不禁让我想起豆蔻年华的少女含羞脸红的模样,或许这就是大自然的生存法则，万物之间有种潜在的一致性。

　　Martin毕业于美国康奈尔大学酒店管理系，因痴迷于植物，大学毕业后开始从事农林园艺行业，并逐渐变成了植物的知识传播者与策展人，游走世界各国，让人们对植物有了更多直观和深入的认识。在每一个参展的空气凤梨旁边，都备注有它的名字与年龄，无不展现了Martin Slaw先生对生命的尊重，对信仰的坚守，对空气凤梨植物的挚爱与痴迷。其中一株39岁的Curly Slim，近2米长，叶片恣意卷翘，很像高加索人常见的自然卷，形态婀娜多姿，堪称艺术品。飞鸽小精灵，鲜亮的红色，热情似火，再加上它婆娑的奇特形态，浑身透着一种灵气，十分惹人眼，让你分不清那红的是花还是叶。

　　我们知道，菠萝就是凤梨的一种。空气凤梨，同属凤梨目，是一种多年生草本植物，英文名为Air plant，顾名思义就是只要有空气就能生长，不用把根扎进泥土，吸收养分和水分。它是地球上唯一完全生于空气中的植物，耐干旱、强光，根系不发达，有些品种甚至没有根，只是通过叶子从空气中吸收水分和养料。空气凤梨包含近550个品种及103个变种，是凤梨科家族中最多样的一群，大部分品种原产于中南美洲的热带或亚热带地区。对于数量如此之多的空凤大家族，Martin有自己的分类方法。第一种分类，根据空凤的外部形态分为八类，蛇形、草丛形、卷曲形、球根形、玫瑰花形、刀片形、蛤蜊形和椭圆塔形；另一种更有趣，依据叶片质感，分为沙发皮质感、兔子毛质感、砂纸质感、刀片质感等，形象而生动。

　　那是一次奇妙的植物艺术之旅，任时光飞逝、岁月如梭，那次精彩绝伦的空气凤梨展，以及Martin惟妙惟肖、热情洋溢的解说，成为我难忘的回忆，历久弥新。时隔四年，一位热爱植物的文友在有着"切·格瓦拉之城"美誉的圣克拉拉市，地理位置恰好是古巴的中心，分享的一些照片，使空气凤梨再次惊艳到了我。其中一张，凤梨满树，葳蕤葱茏，树杈上附生的全是；还有一张，整丛整丛的空气凤梨群聚而生，缠绕在天空中的四根电线上，大小形态不一，像在集体聚会，又像在一起戏耍荡秋千，十分有趣。

这不禁让我想起了由维姆·文德斯执导的《乐满哈瓦那》，又译为《乐士浮生录》《乐满夏拿湾》。这是一部令人感动的音乐纪录片，片中一群古巴老乐士，其中80岁的钢琴家鲁本·冈萨雷斯以及被誉为"古巴的艾迪斯·皮亚夫（Edith Piaf）"的奥马拉·佩多昂多，出于对音乐的热爱，他们像呼吸空气一样，想唱就唱，单纯、快乐而真实。他们用音乐跨越了与古巴交恶长达40年的美国政治藩篱，破例获邀进入美国纽约的卡内基音乐厅演奏，让世人再次看见、听见古巴，了解古巴音乐动人的魅力。艺术是无国界的，满满的拉丁情怀，成为经典，令世界掀起古巴音乐的热潮。

时至今日，空气凤梨像极了《乐满哈瓦那》中那阳光洋溢的古巴旋律，从美洲东部弗吉尼亚穿过墨西哥、中美洲，一直传播到全球各地，没有国界的限制，人们将它从郊外引入到室内，成为生活的伙伴。在中国，就有很多的空气凤梨粉丝，他们被空气凤梨的千姿百态所吸引，墙壁上，台灯上，凡是他们想得着的地方，都忍不住种满了空气凤梨。如发现新品种，粉丝们还会如痴如醉地掏空腰包，把它们统统买下，直到房间装不下还不满足。他们对空气凤梨有了偏爱，把空气凤梨的美发挥得淋漓尽致，项链、耳环、新郎的胸花、新娘的手捧花，一切美好的东西都有了空气凤梨的份儿，都要用它去点缀才够味。空气凤梨还润物细无声地改变了他们的生活方式。朋友说，自从养了空气凤梨，便上了瘾，不喜欢逛街约会，不喜欢玩手机打游戏了，就想静静地坐着，看着满屋子的空气凤梨发呆……

对于空气凤梨，华美的赞美诗我写不出，或许只有最朴实无华的语言才配它。这种仅靠空气生存的简单，焕发出的灿烂光辉，透着大道至简的精髓，征服了所有见到它的人，让人们崇尚简单，热爱生活，热爱自然。

作者简介：木兰，现居上海，热爱生活，热爱自然，作品散见于《南方都市报》等报刊。

豆豉儿

祁筱慈

说到豆豉，你会想到全国有名四川豆豉，我要说的这个豆豉儿，是我家乡这片土地上的一种独特豆豉儿香。

是谁发明了豆豉儿已不可考，只知道从记事起，每到立秋后，就能看到村子里家家户户做豆豉儿的情景。豆豉儿是进入冬后，人们餐桌上一碟再好不过的下饭菜。

吃上家乡的一口豆豉儿，是打小在我肠胃里，于五味的亲疏远近之间，养成的饮食习惯。长大后，对哪一种食物的喜好，也大多是家乡这方水土孕育而成。口味的共鸣、味觉的记忆，都沉潜着一个人对家乡的眷恋。"一饮一啄，莫非前定，"它是徘徊中的乡愁，回望中的感恩。

做豆豉儿离不开苘麻叶，小时候姥姥带我下地，掰玉米地里的青玉米吃时，见地头上长着高高的苘麻，淡淡绒毛的叶子摸起来好舒服，叶茎枝干笔直，中间生出发青的果子，摘下来，剥开，里面有几颗三角形状白嫩的芝麻大小的种子，吃起来甜涩，滑腻，清香。姥姥指着那一株株苘麻茎告诉我，你姥爷的千层底布鞋和咱装棒子的大麻袋就是这个做的，说着只见姥姥掰了小半口袋苘麻叶，说给我做豆豉儿吃。

直到上了小学后，我才知苘麻叶的茎，还可做麻绳，邻居东家大伯大妈就做苘麻绳子，老两口用木质的纺绳车，每天咣当咣当纺着一捆捆麻绳，那种青青涩涩的麻绳味道，小时候的我闻到就跑开了。如今再闻不到那种味道了，它伴着儿时记忆和豆豉坛子，一起封存起来，但封存不住的，是那豆豉香。

我喜欢吃豆豉里的花椒，花椒绿绿的，嚼起来咯吱咯吱声，麻麻香香，真是豆豉里的点睛之笔。刚蒸出锅的大白馒头，一碗棒子面儿粥，一小半碗豆豉儿汁的香浸到葱白里，一口馒头一口粥，夹着豆豉儿的香吃起来，清淡又浓重，回味中有陶醉。心里暗自叫好，这一口儿时深处的味道，足以让一个人，根深蒂固地不寂寞着。

豆豉儿好吃，做豆豉却不简单，它最关键处就是发酵，姥姥把黄豆泡半天，下锅煮熟后，放在盖帘板儿上风干表皮水分，裹上面粉，然后盖上两层刚刚采回来的苘麻叶子，苘麻的碧叶遮起黄豆，放在阴凉通风处的土炕上就开始发酵了。有人用别的叶子替代苘麻叶，可怎样也做不出那正宗味道。

苘麻叶对黄豆应是一见钟情的化学反应，这期间，黄豆在苘麻叶三天三夜密不透风热情的攻击下，开始被感动，第一天黄豆发出一层白毛，第二天它变为一身绿毛，第三天它就是一层青色的毛了，这时豆子连同苘麻叶粘连在一起，纵使万水千山也不能把它们分开，苘麻叶对黄豆的真爱不容置疑，它热烈燃烧着自己，直到黄豆再被拿到可爱的阳光下，暴晒三天，和月亮共赏三晚星星，看到豆子被太阳晒得十分干爽后，见姥姥用手搓掉豆子身上的发酵物时，黄豆似瞬间吞噬了苘麻叶的爱一样，瞬间焕发出了霜露清新之气。

我拿起小板凳坐在柿子树下，看姥姥把大坛子、小罐子洗干净，把花生、杏仁、花椒、姜片、凉白开盐水、一杯白酒全部放入坛子里，这时还要分个人口味对黄豆做最后的定味，因为豆豉儿分清汤和浑汤，清汤豆豉儿顾名思义就是入坛前，把黄豆身上的发酵物洗干净，放入坛中，半月后做好的豆豉儿是清汤。浑汤的豆豉，不用洗黄豆表层的发酵物，把晒干的豆子直接放入坛中，半月后做好的豆豉，自然会是浑汤。两种都好吃，可依个人喜好而决定豆豉儿汤色。

我好奇地看着姥姥，用塑料布把坛子的盖子密封好，盖子上压块石头，和窗台上开满爆盆粉花的植物们一起，陪着豆豉儿坛子晒在立秋后暖暖的阳光下，我想象着坛子里的它们，每年在一起重逢时，有着怎样的低语和欢快。

后来我大一点了，每年姥姥做豆豉儿前，我都特意让姥姥多放些花椒，我太爱吃豆豉儿里的花椒了。更爱这浓郁的乡土气息，不管岁月怎样流逝，唯有味蕾的记忆，在盛上那一碗豆豉放几段葱白中，释放着本真。食材的天然之味太珍贵，这种珍贵和家乡的质朴，在生活中的一点一滴中体现并绵延。

"食而不辨其味"是人生常态。食而能辨其味是需要一份闲逸清心的岁月和传统积淀，它就该在这里，适口而珍的，应是物无定味的魅力吧。

作者简介：祁筱慈，《女友》杂志编辑，《北海文学》杂志副主编，半亩书香文学网签约作家。坚信人活着，有点兴致是必须，自己创造出生活给予的喜悦也是必须。喜爱写作，唱京剧，画画，研究美食，鼓捣花草，品茶赏壶，打乒乓球，逛古玩城，去村子里收集些老物件。提笔抒性情，与琴为伴，书画为友，在余音绕梁，天真闻妙香中，流连于花草茶香，感受生活之美，和一切好玩的事情打成一片，用一生做好文艺这件事。

和老井有关的那些事

修竹

调离矿区有好些年了，最近利用周末去了一趟原来工作的单位拜访老友。老友早早就站在矿部的门口等候着我们。她还住在老地方，当经过那口老井时，我匆匆的脚步不由得慢下来，像见到老朋友那样的亲切。

"啊，这口井还在啊？"我激动地惊呼。

"是的，老井还在，只是现在家家都安上了自来水，便都不来这挑水了。"老友忙不迭地在旁解释着。

我不禁快步走到井口，捧上一捧清凉的井水，它一下就打开了我记忆的闸门，就像这井水，在我指缝间流淌。

这口井，当年是住在矿部200来号人的唯一的饮用水来源，家家户户入口的水，都是从这里来挑回去。这口井，不是传统的竖井，说得更确切点儿，是一个蓄井水的池。水深一两米，清澈透明，一眼可以望到底，在池的最里角有一股终年不断的泉眼，它隐藏在一个大石壁下。水柱冬天有四指大小，夏天就只有两指左右。它的丰枯是由降雨量的多少决定的，春季水最足，经常会从井口汩汩地溢出来，流到50米开外的池塘里；夏天的水量最少，大旱的年份就会闹水荒。听说当年是计划在这里打口井的，只因石壁太坚硬了，无奈只好放弃，转而用人工凿进去一米左右，依势建了一个长方形的水池。水池上方用水泥浇筑密封，留下一个仅容一只水桶的井口，上面凹进的部分，用红砖砌了一个半圆的弧形拱门，以遮挡漂浮物落入，保证井水的卫生。

这股泉水，水质清澈，甘甜可口，唯一的缺陷就是含钙量大，家里面的烧水壶，用不了多久，底部总是积了厚厚的一层钙垢，但对没有饮用水源的矿部职工和家属来说，它就像珍宝一样，大家自觉地保护这口井的环境卫生，都舍不得用桶直接打水，而是准备了一个有小桶粗的大木勺，用勺子把水舀上来，再倒入挑水桶里。无论男女老幼，只要见井口边缘有泥沙之类的脏物，都会自觉地提水冲洗。

那井水，冬天温热热的，夏天凉爽爽的。水旺的时候，大家都喜欢提桶拿盆来这里洗菜，一者是称意这冬暖夏凉的水温，二者也在这里说一些热心热肠的话，增进邻里之间的交流。有时候，说得尽兴了，忘记了时点，被等菜下锅的男人气哼哼地找来，正想吼上自家婆娘几句，这边大家一齐呵呵笑着替她婆娘答话："莫气莫气，来哒来哒。"那男人也只好立马转脸顺势说着："你们这群堂客，不知哪里来这么多话说，说起话来饭菜都不要搞了！"俗话说，伸手不打笑脸人，也许就是这个情形吧。

母亲刚调到这里的时候，我才五岁。头一次跟着母亲到井里打水，我还挺好奇，觉得挺新鲜，一个劲地争着要提着勺子去舀，母亲说我那时候瘦小得跟小水桶一样，却有一股好强之劲，什么都想自己来，从那时起就显出能干的潜质。挑水的这个差使，果然没两年就落到了我的肩上。那时，我先从半桶半桶的量挑起，再到一满桶一满桶地挑。那井离我家有一里多路，往往要歇一两次才能挑到家，每次起肩后，就在心里设定目标：这一次我一定要挑到某个地才歇脚，每每最后那几步，总是咬着牙，小脸憋得通红，用了洪荒之力才坚持到目的地。那时，在挑水的路上，也摔过跤。有时也干懒人挑重担的活，分明体力不济，仍要挑上满满一担，这种时候，脚底发软，最容易摔跤。有次，我扑通一跤，不但被水洒了一身，膝盖擦破了皮，还把桶摔开了，可我那天，仍是把家里的水缸挑满了。我想现在自己拥有不怕困难的坦然态度，并且做事有一定的坚持之心，可能也是与那时挑水的经历有关吧。

让我印象最深的是，夏天闹水荒。夏天因为用水量大，加之泉眼又处于枯水期，出水量减少，这时池里的井水往往供不应求。大旱的季节，池子里没有存水，很多时候要下到池底，守在泉眼处等水，因为井口小，大人下不去，往往是派孩子下去守在泉眼处等水，大人便在上面等。记得那年，连着几十天没下一场雨，泉眼的水也越来越小，有好些日子池底朝天了。一天半夜，我被母亲叫醒，迷糊糊地跟着她去挑水。井旁那盏昏暗的路灯，闪着暗暗的橘色光亮，天上的星星也眨巴着眼睛昏昏欲睡，世界一片寂静，只有不甘寂寞的蛙声，偶尔会打破这夜的沉静。本以为这个钟点我们可以打上一桶水，谁料到那一看，井底有些湿脚印，估计有人才提走水。母亲便要我下去，守在泉眼处等水，用带去的小瓢接着，接满一瓢便倒到水桶里。那井池，在夏天显得格外的凉爽，好像置身一个天然的空调房里，那么舒服，它让我更加睡意浓浓，若不是母亲在井口有一搭没一搭地跟我说话，有几个瞬间我差点就睡着了。等我们接满两桶水，天已微微亮，东方出现了鱼肚白。那日，夜的寂静，池里的清凉，永远定格在我的记忆里，时不时被想起，成了我今生难忘的回忆。

后来，矿里请了地质勘探队的人，在矿部西北角两公里的地方，打了一口深水井，据说是通到了地下暗河。大家再不用担心闹水荒了。井打好后，还给家家通上了自来水，我也告别了挑水生涯，那根磨得溜光的竹扁担和那对漆着桐油的水桶，也被母亲送给了附近的村民。当然那口井也渐渐地被大家淡忘了，逐渐荒芜、沉寂。可与井有关的那些人和事，却成了我人生中永远抹不去的记忆，我不会忘了它给我们带来的温暖和美好。

作者简介：修竹，写作是我的梦想，希望以后的人生路用写作来修行，干点自己喜欢干的事，写点自己想写的话。微信 tanjieling855，邮箱 715172074@qq.com

乡村小调

易若冰

傍晚时，我站在外婆家的院子外，面前是一大片金灿灿的油菜花。正是人间四月天，油菜开得正盛，金黄色的花朵铺满田间，像是大师笔下的油彩画，浓墨重彩，好一场视觉盛宴。我们出去走走吧，好不容易回到乡下，可别辜负了这眼前美景，我对先生说。

我们沿着蜿蜒的乡村小路慢悠悠地朝着村外走去。村子外面一望无际的全是田垄，除了油菜花，还有很多小麦夹杂其中。绿油油的麦苗齐膝深了，在阳光底下泛着幽幽的光。田坎边都被勤劳的农人种上了蚕豆，半人来高的植株铺满田与田的缝隙。豆荚鼓鼓的，看一眼就能想像里面饱满鲜嫩的青豆，馋得人口水直流。整个大地绿油油的一片，在夕阳的斜照下有种说不出的风情。

马路边蜿蜒着一条水渠，里面流水哗哗作响，这是农人用来灌溉的水源。拐过一个弯，眼前是一大片农田，田坎纵横交错，从远处看去正是一个个"田"字。每一块田里都灌满了水，肥沃的土壤在水底下滋滋地吐着水泡泡。几个带着斗笠的农民正在田间忙碌，远处的村庄在树木的掩映下，红砖白墙若隐若现。不知名的虫子"啾啾"地叫着，空气中漂浮着青草和牛粪的味道，一点也不难闻。

想起宋人翁卷描写乡村四月的一首诗来：

绿遍山野白满川，子规声里雨如烟。
乡村四月闲人少，才了蚕桑又插田。

在我们大多数人眼里，乡村的生活必是闲适自在的，但其实农民也有他们的快节奏。农忙时他们也需要全力以赴去迎接一场又一场"农事"。尤其在这农忙的四月里，哪有闲人呀。农民刚刚才侍弄完蚕桑，又开始了插秧，插完秧又该种瓜种豆了。

只是相对于农人彼时的忙碌，我们这两个"外乡人"倒真是十分的悠闲了。

也罢，此时此刻，索性就将这份"悠闲"进行到底吧！

我们一边欣赏沿途的风景，一边慢慢悠悠地向前走着。这乡间小路上车本就少，这会儿更是一辆也没有。没有汽车与行人，一切都显那么幽静又空旷。难得有这么放松的时刻，我们都不想这段路程结束得太快，就放慢了脚步。周围静悄悄的，只听得到沙沙的脚步声和彼此的呼吸声。仿佛天地间只剩我们两个了，就这样走下去，没有尽头。夕阳从斜后方照过来，把我们的影子拉得老长老长。

侧过头去看他，突然有些感动。我身边的这个男子，在嫁给他之前我不是没有犹豫的，甚至婚后很长一段时间也都在忐忑不安中度过。因为前一段失败的恋情，我不确定婚姻能否给彼此带来长久稳定的关系。是什么时候开始放下心防的？应该是，细水流长的生活中他用心的照顾，还有那些包容与理解吧。一点点，一次次，把我的心变得柔软。此刻，我们并肩而行，只觉得内心满是安宁。

走了很久很久，不知不觉天都黑了。

夜幕下的田野似是被镀上了一层浅浅的薄雾，朦朦胧胧的，神秘而幽远。远处的山，村庄，近处的田野，还有马路边的一小片树林，被暮色渲染得像一幅层次分明的水墨画。愈到近处颜色愈加凝重。几只乌鸦从树上飞起，扑棱棱地扇动翅膀，树木的枝丫投下张牙舞爪的剪影，仿佛有几百只怪兽随时准备扑过来。路上一个行人也没有。我有些害怕，往他身边靠了靠，他似乎有所察觉，腾出一只手来握了我的手。我心里生出一些暖意，顷刻将恐惧忘到九霄云外了。

视线越来越模糊，几近完全看不见了，听觉却被无限放大。青蛙在底下的农田里扯着嗓子开始试音了。开始不过一两声，不一会儿便此起彼伏地响成了一大片。小虫子有节奏的啾啾声，流水声，以及远处村子里偶尔传来的狗吠声，人的说话声，各种声音交汇重叠，组成了一首曼妙的乡村小夜曲。不同于城里车水马龙的聒噪刺耳，这乡村小夜曲曲调悠远而绵长，既热闹，又安静，如潺潺流水又似风平浪静，让听的人不自觉地屏气凝神，连脚下的步子也轻了又轻，生怕破坏了如此和谐的音律。

这是大自然为我们奏响的生命乐章，也是她赐予我们这两个"不归人"的神秘礼物。行色匆匆的人定是无福消受的。只有如我们此刻这般悠闲自在，对生命饱含敬畏与感恩，对生活满怀热情与期待，才能感受到这份独特的"馈赠"。

这一场音乐的盛宴，注定要让这个夜晚更加意义非凡了。

我和先生都没有说话，只是握紧了对方的手，一路朝着前方缓缓地走去。远处的村庄已经亮起点点灯光，我们终归是要回到那热闹中去的。但我们的心已渐渐印上这宁静的烙印。无论未来的路怎样，泥泞坎坷还是寂静漫长，只要我们始终紧握彼此的手，定能披荆斩棘，一路走到最后！

作者简介：易若冰，85后大龄女青年，白云机场前安检员工，现为自由职业者。爱好文字、旅游，向往无忧无虑的乡村生活。自嘲"被生意耽误的文艺女"，希望有生之年在享受生活的同时能写出雅致的美文。

像葱一样生活

陈晓晖

去菜市场买菜时，我总忘不了交代菜贩，记得送我几根香葱。卖菜的一听，经常这样回我："不用交代，会给的，没有葱怎么做好菜呀！"于是我们都相视一笑，彼此心照不宣，明白要做好一餐饭，一定少不了葱这样百搭的调味品。

葱的栽种历史非常悠久，据说神农尝百草发现葱这种食物，将其当作日常生活的调味品，因此葱有"和事草"的雅号。葱确实性格好，不论对方啥来头，一律友好对待，鱼也喜欢，肉也合味，甚至与瓜果蔬菜也能和睦共处。真像大海一样，可纳百川，有容乃大，这点怕是其他蔬菜都不如它的吧。

多年以来，我已经养成这样的习惯，除炒青菜之外，其他菜肴必加入香葱来调和。比如小鸡炖蘑菇，在汤里撒些葱花，这汤就会香美无比；红烧鱼更需要香葱，葱可以去腥味，提升鱼肉的清鲜；清炒南瓜时，待南瓜将熟之时,撒入葱花,葱的香味渗入南瓜的汤汁里,使南瓜味道更加香甜。

炒田螺和贝壳,除了加入植物金不换和辣椒同炒,葱也是必下的,没有了葱的调剂,这道菜会逊色不少。每年的夏季,海里的薄壳正是当时,薄壳即海瓜子,壳薄肉美。菜市场有除壳后的薄壳肉售买,我最喜欢买回家后,清水冲洗后晾干,与蒜泥和葱花炒之,那味道鲜美异常,胜过鱼翅和鲍鱼,是最佳的下粥菜,往往喝三碗白粥仍不觉饱。

在一个炒锅里,豆腐和香葱相遇了,那绝对是天赐的良缘,白的白,绿的绿;白的淡,绿的香。盛放在盘子中,模样好看,滋味幽长。

葱在生活中的应用,可谓非常广泛,比如北方的葱油饼,味道极香,每回去北方菜馆吃饭,必吃两张葱油饼。小时候吃过一种香葱饼干,是那个年代最美味可口的食物。面粉、鸡蛋、香葱一起制作烘焙的咸饼干,有蛋香味和葱味,是一种停不下来的零食,那时我绣花赚来的一点小零钱,都换成香葱饼干,给吃掉了。

葱真是大自然赐予我们的宝贵食材,它给每一道主菜添香加味,毫无怨言。在众多的蔬菜中,它是角落里默默无闻最不起眼的青菜。它虽不是餐桌上的主角,却像极了小姐闺房里的贴身丫环,没有了它,餐桌上的每一场戏都无法精彩上演,美丽的小姐也不可能得到英俊书生的钟情。

香葱是一种渺小而坚韧的植物,极易种植,我在阳台的花盆里种了几根小葱,原以为随手一栽,种着玩玩而已。不成想,有一天它竟然绿意葱茏地荡漾在花盆中。青葱葱的绿,绿盈盈的绿,细细长长的一身绿衣裳,飘在风中,袅袅婷婷的,那么美,那么雅。

读到白居易的一首《筝》的古诗:"云鬟飘萧绿,花颜旖旎红。双眸剪秋水,十指剥春葱。"这是描写一个如鲜花般的美丽女子,用她的纤纤玉手在弹奏古筝,双眼明亮顾盼生辉,弹筝的十指如刚剥开的春葱一样嫩白。

葱生长于春天，翠绿鲜嫩，葱头是白色的，葱的下半根剥开如象牙白，那是一种水嫩的白。正当年华的女子，十指似春葱，这是多么形象绝妙的比喻。又如《孔雀东南飞》里有"指如削葱根"。宋代的欧阳修有诗曰："玉指纤纤嫩剥葱"。想想看，这样一双似葱一样嫩白的玉手，在古筝的琴弦上来回流动，该是多么美妙的场景。

葱虽平凡无奇，却备受人们的青睐，它上得了豪华的餐桌，也入得了寻常百姓的厨房；葱低调而内敛，从古至今，却有许多的文人墨客为它写诗赋词，它用清清爽爽的绿与白，成就了许多名诗和佳句。

我想人生最理想的状态是：像一棵葱一样生活，过葱葱郁郁的日子。尽管人家会说："你算哪根葱！"我只要是一棵普通的葱即可，随地生长，有坚强随和的性格，有葱绿的模样，有葱白的心灵，还有葱一样的随和包容。

作者简介：陈晓晖，笔名陈钰栩，现居广东汕头，喜欢草木和山野。有文章发表于《潮州日报》《亳州晚报》《九江日报》《青年教师》《女友》《大众文化休闲》等报刊杂志。

第五辑　梦与远方

书香

刘萌

快节奏的生活让人们愈来愈习惯于依赖电子阅读填满时间的间隙，纸质书籍逐渐被弃之一边。电子书虽便捷，但我更钟爱于古朴的书香。想象着，沏一壶好茶，倚靠着老藤椅，在午后翻开心爱藏书的扉页，光是这淡淡的一缕墨香，就足以让人沉醉。

王国维在《人间词话》中说，古今之成大事业、大学问者，必经过三种读书境界："'昨夜西风凋碧树，独上高楼，望尽天涯路。'此第一境也。'衣带渐宽终不悔，为伊消得人憔悴。'此第二境也。'众里寻他千百度，蓦然回首，那人却在灯火阑珊处'。此第三境也。"这由浅入深，从博览到无怨无悔，孜孜以求，再到最后的返璞归真，便会修成正果，得晤真谛。遇上一本好书，不亚于邂逅一个美丽动人的女子，一位良师益友。

下班之后，在隐去一切繁华与喧闹之后，焦虑、浮躁，也许已日益侵蚀着你消瘦的灵魂，当你感到沮丧，无聊空虚时，不妨翻开床头那也许落满了浮灰，被遗忘在角落里的书本吧。不论是唐诗宋词，还是时政评述，总有一本能够满足你精神的渴求。所谓"开卷有益"，定如培根所云："读史使人明智，读诗使人聪慧，演算使人精密，哲理使人深刻。"阅读前人的智慧，才能丰盈自己的内心。求知的过程，本身就是改进人性的过程。当你漫步于文学之林时，你会感到拂过你衣衫的树枝不是屈子辞赋的飘逸浪漫，就是十五《国风》的深沉现实。微风吹过，你也许嗅到了英国湖畔诗派的宁静之韵，也许感受到了日本川端康成细腻的忧伤。无论你感受到的是人淡如菊，还是长虹如玉；无论收获的是温煦的微笑，还是含泪的心酸，这些何尝不是阅读所带来的乐趣呢？

阅读，其实就是一个调节自我修身养性的过程。我们也时常会在别人的文字里找到自我内心的映照。相似的情节，相似的故事，同样的情绪，曾经找不到出口，无处安放和倾诉，在翻开那一页的时候，全然相遇了。我们会得知，原来在世界的某个角落里，还有另一个自己。我们习惯在这些相似的褶皱里找到归途，得到启发，点亮内心那盏灯，照亮要走的路。

清理、过滤、观察每一刻自我的念头和意识，溯源每一个执念的起因，去调整和控制。知道容忍和给予别人更多善意的关爱，不再变得烦躁和易怒。这是多少个夜读之后，逐渐养成的冥想习惯。它带给我们的，是一种坚强的力量和笃定的心，这是审视自我，亦是重塑自身的绝好时机。

那些身带戾气和急功近利的人，大抵是不怎么读书的。如一言不合就斗嘴耍狠使拳头，流窜在街面上的男人；东家长西家短，坐在墙角下嚼人舌根弄是非的村头女人，他们从不"知书"，故而也很难"达礼"。只能用欲望的唾沫，来湿润卑微的心。没有书香的陶冶和教化，内心只能看到眼前那一亩三分的土地，满眼都是利己主义和执拗，自然很难理解他人的不同和苦楚。无法给予别人更多的爱。

而真正以诗书为伴，喜爱阅读的人，大都有着不俗的情趣，身上散发出沉着练达的气质，待人接物也能更加平和睿智，懂得克制和包容。阅读，会让他们更容易得到前人的点化和指引，因为文字原本就是人对自身生命的处理和完善。在细读的过程中，我们的意识也会跟着一起完成拆解、清洗、吸收和重塑。

故而，倘若当你孤独无聊时，不如翻开一本好书，让阅读来填满这暂时枯燥的时光吧。那些被你翻看过的书籍，也许有一天还会成为你行事处世、纵观整体、运筹全局时，隐含在内的学识才干和终身的力量。所谓"腹有诗书气自华"便是这般了。

"书读到最后，就是为了让我们用更宽容的态度去理解这个世界有多复杂。"梁文道在节目《我读》中的一句话，对读书的意义，做了最好的诠释。读书，其实读的是世界，是人生。

千言万语个中滋味，还是需你亲手翻开那本久阅读的书籍，也许那时，你亦会感受到"夜来一笑寒灯下，始是金丹换骨时"的超然。只有真正体会过了，才会心之旷达。

希望这午夜后一缕淡淡的书香，能消去你我心头的一抹忧愁。让你遇见那个更好的自己。

作者简介：刘萌，爱阅读、爱旅行，向往诗意生活的古都女孩。多篇文章发表于《滁州日报》《南方法治报》《重庆日报》《文化商丘》《女友》《大众文化休闲》《塞北文苑》等报纸杂志，已出版《精怪物语》《你的光芒不必隐藏》《千妖百魅爱上你》故事合集。多部剧本拍摄成故事短剧，在陕西电视台二套《百家碎戏》栏目播出。

别做植物人

刘婷婷

身体和以前不一样之后，我一直在问自己一个问题：过去和现在，哪个自己最好？

想了很久，便想出了这么一个哲理：任何时刻，别做植物人，有痛有痒才是真正的活着。

植物人，在医学上的意思是：患者对外界无认知能力、与外界无法沟通、无行动、日常生存所必须的作息（饮食、翻身、沐浴、更衣、排泄物处理、痰多时抽痰）由旁人完全照料。按正常人来说，只要肉体不麻木，精神朝气蓬勃，人独立又坚强，这就是一个健全的人。

也许这是我一直梦寐以求的且想要做到的事情。然而，我把它换一种方式说了出来：别做植物人，做个有担当有责任的人。

从前我习惯了依赖别人，家人，朋友……时间久了，我便变成了一个依赖大人的孩子，从未长大过。直到最近，疫情的严重，家人对生活的各种焦虑，还有为国家献身的可爱的人们，才让我对生活和生命有了进一步的思考和领悟。也发觉，不管从前还是现在，走的每一条路，做的每一个选择，都是算数的，有意义的。就像那句话说的一样，人生没有白走的路，走过每一步都算数。这句话没毛病，是一句真理，只是很多人，都需要一个过程，一段经历，才会真正明白。然而此时此刻，我稍微有些明白了。

人生注定会走一些弯路，也会走一些没有出口的路，但始终会有一条路是最适合我们的。

我经历过一些被人嘲笑、看不起，甚至侮辱人格上的事。这一刻我感谢他们，给了我一段特殊的经历，做过植物人，不敢说话，甚至不敢面对现实，像一只老鼠一样，喜欢钻在地洞里安逸地生活，只有黑暗的时候才敢出来，白天出来怕太阳光，也恐惧光的反射出来的毒性。这一切都是胆怯懦弱的不自信的表现。

当然现在也不能说，我已经自信了，但还是有一些自卑存在的，这世上人无完人，而完美是一种理想，不是所有人都能到达理想的巅峰。除了完美以外，人该诚实地认识自己，敢于挑战未知的一切。毕竟将来难测，能朝气蓬勃的享受现在，才不算辜负生命快速生长的意义。

生命有味道之后，麻木该卸下了，伪装的面具也该丢掉了。只有卸下了包袱，前面的旅程才可轻装上阵。

这让我不由自主地想到曾看到过的一则新闻，一个14岁的男孩患了"无痛感症"。他来到这个世界上的14年时间里，感觉不到任何疼痛。他曾经将十指咬断，也曾经遭受脚趾溃烂导致截肢，却从来不知道疼的滋味。

他这一生，永远都无法理解"疼痛"这个词语，也不会明白幸福的感知力。对于他这种不幸，我除了怜悯之心以外，其他的什么都给不了。但他同时却让我明白，身体有疼痛是好的，人生经历的所有哭笑声也是幸福的。我们没有麻木，我们还是一个正常人，神经会作怪，大脑也会失控，情绪不好会爆发，知道能做的了什么样的人。这是很多人的幸运，也是很多人最有味道的生活。

如果做了植物人，以往的一切都归为无有。肉体麻木，神经衰弱，大脑睡着了，一切没有了活着的气息，这是一件多悲哀的事情。所谓人们常说，生活有乐趣，才叫是生活。

然而，反过来就是说，人活着有乐趣，有一些生命的气息，生活才有了真正意义上的生活。同时，生活里是充满感恩的，有了感恩，生活不会枯燥乏味，甜和苦顺然也成了我们前行道路的助手。

人生有了助手，就是增添了彩虹般的颜色。有了它们，日子也会变得美好起来。像肉体抽去了麻木之筋后，开始轻松自在，和空中飞翔的鸟儿一样，独立又自由。

这种感觉是无穷无尽的，不做植物人的时候，我们才能真真切切感受得到。这像拥有幸福一样，人有了感知幸福的能力，才会知道自己是最幸福的。

作者简介：刘婷婷，95后，一个喜爱文字的"脑瘫"姑娘。

一天里最好的时光

鲁班石

有人曾问我，一天里，你感觉最好的时光是什么时候？

我认真地思考了一下说："是早上醒来和晚上睡觉时。"

他诧异地问我："为什么会是这两个时段？"

我还是认真地思考了一下说："早上醒来，啥都不想，可以集中精力去写作。到了晚上睡觉时，我觉得写了一天，终于可以睡觉休息了。"实际上，我是想说，生活对我真好，一天里做的都是自己喜欢做的事。

我喜欢读书写作，从小就喜欢。年少时，一本小人书会让我忘记饥肠辘辘和蚊虫叮咬，忘记家里交不上学费，我不能去学校读书的难过，忘记衣服是哥哥们穿过又改过不知多少遍的褪色旧衣，忘记午后是可以小憩一会儿再去拔猪草的……只记得每天拔得越多，就越能得到更多看书的时间，只记得交了猪草就能在喝水的工夫再看会儿小人书。不记得每次猪长成，卖掉猪后吃的是什么好吃的，只记得我能借机张口向父亲要到几本崭新的小人书，或者几个练习本。我知道自己本来不喜欢拔猪草，可因为爱看小人书，我就越发喜欢上了拔猪草。

后来，出了猪瘟，家里不能养猪了，我很失望，幸好没几天家里又开始养羊了。开始我也不喜欢家人养羊，羊膻味太大，吃得又细，还得牵出去放养，真的不好饲养。可过了不久，我却喜欢上了放羊。

每天放学后，牵几只羊到山坡上放养，我便可以晒着太阳看书。太阳落山前，我挥舞镰刀，割满一背篓青草，赶着吃饱了的羊回家。这样，放羊、割草、看书，都没有耽误，我又真心喜欢上了放羊。让我更喜欢上放羊是在后面发生的事。

八个多月后，小羊长大，牵去卖了几只，留下一些生活用钱，父亲又买回几只小羊。假期里，天刚亮，我吃过母亲下青菜煮的面条，带上书，赶着羊就上了后山，和羊一直待到午饭时才回家。仍然是割满一背篓青草，装满一脑门子书香才回家。

来年开春，母羊生下了几只小羊羔，多得喂不过来，父亲就再卖出几只。又有了余钱时，还背上了新书包，书包里装着刚买的几本《西游记》连环画。我又是蹦，又是跳，那份兴奋和喜悦，比过年时捡到了几个别人家没放燃的鞭炮还得劲。

少年时知道了写日记的事，我便开始了照猫画虎，煞有介事地每天写啊写。我写拔猪草的过程，记录羊吃草时的神态，写下我少年不知愁滋味的状态，又把一块一块的豆腐文送到报纸上有署名"世平"文章的，一直爱好写作的靳老师的办公室。

开始的时候，我是悄悄地把写有小文的纸片夹在作业本里，还假装是无意夹带着的，连同作业本一同交上的，可纸片背面的留言明明是请靳老师批评指正（那个时候还不知道"斧正"一词，自以为这样可以表达谦虚认真）。

之后，便忐忑不安地等着靳老师的回复。作业本一发下来，激动地先找小文的纸片，没有，很是失望。然后，就试图在靳老师脸上找到盼望的表情，可又不敢盯着靳老师看，目光游离于靳老师与黑板之间，不巧对视时，又像做了贼一般赶紧躲闪开。

几天下来，人心慌得难受，但还是坚持写，而且把这些感受都写在了日记里。又过几天，已经快忘这事时，却在收到的作业本里意外看到了夹带着的小文纸片。诧异地浏览中，看到靳老师详细认真的批语，小心脏怦怦地跳着，呼吸也急促着，几乎喘不过气来，脸也憋得通红。

后来有一次，靳老师有意无意地让我开始收发作业和把作业送到他的办公室。这次，他语重心长地和我约定了一个只有我们俩参与的秘密事，就是我的每一篇豆腐文都得在清早或傍晚的时候，由我亲自交到他的手上，不然他一概不管。

我不知道靳老师为什么有这样的要求，但我很乐意这么做。这个秘密直到中学毕业时，我的班主任，我文学道路上的启蒙老师靳世平老师才告诉，这是对我这个怀揣着文学梦的少年一次暗藏鼓励的约定，可对我成了一生弥足珍贵的财富。

多年后，由于工作性质，我每天忙得像个陀螺，有时候几乎要虚脱，精神上的压力也很大，几乎要放弃清晨和晚间写作的习惯时，我就会想起多年前，那个起早贪黑，不知疲劳，不问前程的少年，想起我一次次把夹带着豆腐块文字的纸片送进靳老师的办公室，又一次次抱回来，快速地发完作业本，急切地找出小纸片，如饥似渴地读起来的情景。然后，我又信心满满地回复到日出之前的写作状态，停笔在每日晚间的就寝时。

我喜欢每日的清晨，因为一早起来就可以进入写作状态，我也喜欢每天的夜晚，因为我又可以带着收获的写作成果安然入眠。

第二天，一觉醒来，又是清晨，又可以安静地读书写作了。

作者简介：鲁班石，文学爱好者，西安市作协会员，半亩书香文学网签约作者,动事动力传媒签约作者。多篇作品散见《辽宁青年》《做人与处世》《演讲与口才》《当代青年》《伴侣》《女友》(文艺版)《经济日报》等报刊杂志。

因为自卑，爱上写作

一笑

写作是一个爱好文学的人表达自己感情的一种方式。

我与写作的相识发生在幼年，它以它的方式陪我度过了一段灰暗的童年。

在我八岁的那年，奶奶带我去远嫁外地的姑姑家过了一个暑假，那是我第一次出远门，不记得做过些什么，只记得很开心。回到村子里迫不及待地告诉每一个遇到的人，我的暑假是在好远的地方度过的。还清楚地记得当时有一个邻居对奶奶说道，你家孩子长得这么丑，还带着去那么远的地方串门，也不嫌丢人。

当时我就在旁边，我也清楚地记得她当时鄙夷的神情，从此便在心里种下了自卑的种子，变得敏感而脆弱。本是因自己调皮被大人批评，也会觉得是因为自己长得丑而不被大人喜欢，因此丑而自卑的标签就这样深深地烙在了心里。

那时候数学成绩总是考不好，对于我来说数学实在是硬伤，每次看到有运算题，甲先走了几公里，乙迟走了几小时，问乙多久能追到甲，诸如此类的问题，我总是脑袋里一团浆糊，对着数学题说道，这是什么问题，你们这么追得不累吗？

也因此经常被老妈批评，有一次，骂得最严重的时候，心里就认定我一定不是我妈亲生的，是别处抱养或者从垃圾堆里捡回来的。心里很难过，仿佛被全世界厌弃，想要离家出走，但在心里盘算了很久也没有勇气迈出家门一步，便一个人躲起来，在心里给自己编起了故事。

幻想着自己已经离开家，走了很远的路，到了一个没有任何人去过的森林深处，碰到外出找食物的青蛙，它们看到我，把我带回它们的城堡，让我做了它们的女王，从此过着锦衣玉食的生活，还拥有了很多很多的金银财宝。然后带着青蛙侍卫和那些财宝回到了家里，把那些珠宝分给村子里的人。

从那以后，我便把自己放进了自己编织的各种角色里，以此来安慰自己那颗自卑的没有地方可以安放的心。

儿时的记忆中有太多的事情随着时光的流逝逐渐淡忘，却唯独对这些事记忆犹新。

记忆中对于语文课我是最喜欢的，经常会因为造漂亮的句子而被语文老师表扬，也会在周末和小伙伴在一起换着童话书看，然后轮流讲书里的故事。会缠着大人买作文书，然后拿到教室显摆。

小学五年级的时候，我家从农村搬到城里居住，我便转学去了县城上学，当时被分到实验班，据说是小学最好的一个班，里面的学生不是教师子弟就是干部子女。

我变得更自卑了，不敢和别人说话，上下学不敢邀请同学一起走，总是独来独往。

那时每天上午最后一节课，老师都会布置一篇作文，晚上还会布置一篇，我便在午休时间写完一篇，晚上写另一篇，从没偷懒过，当天完成。

　　直到半个学期过去，被同学好奇地问为什么我比她们上学晚，作文本却比她们用得多的时候才知道，其实老师每天只布置一篇作文。好吧，我居然每天写两篇作文，却从来没觉得困难，反而觉得写作文是一件愉快的事情，是唯一能轻松完成的作业。

　　也就在那个时候我妈带着我去拜访作为班主任的语文老师，想了解我在学校里的情况，当时说了很多都不记得，只记得语文老师当着我的面对我妈说，你家孩子的作文经常有抄袭的，不信你问问。我当时低着头，脸憋得通红，心里说我真的没有抄袭过作文，可嘴里一句话都没敢说。

　　不记得回家有没有被老妈揍，只记得当时很开心，语文老师这么说是证明我作文写得好吧，心里还小小地得意了几天。

　　可对于写作的那一点点爱好也只停留在小学阶段，再后来的日子好像没那么喜欢过写作文，除了必须完成的作文作业，再没有写过任何字。上大学的时候依旧对除了大学语文以外的任何科目都不感兴趣，经常在宿舍熄灯后打着手电筒一宿一宿地看小说。

　　毕业的时候脑袋里依然一团浆糊，唯一欣慰的是因为舍友在学校图书馆工作的原因，很轻松地读完了图书馆的几百本书。

　　再后来的这十几年，几乎没怎么读过书，所有关于读书的记忆都停留在大学时代及之前的岁月。

　　偶尔也会给自己买一两本书，随便翻着看。前年吧，因着孩子学校的要求给孩子准备必读的课外书，去书店的时候随手给自己买了一本《借山而居》。

　　书中的内容记得并不清楚，只是其中一句话让我久久不能平静——以自己喜欢的方式过一生。

当时正经历人生最灰暗的时期，我杜绝了所有社交活动，除了工作和必需的外出以外，我把自己关在屋子里发呆，什么也不做。

　　在读到那句话的时候，我所有的困惑、迷茫和不甘都得到了解答。我暗自下决心，要找到自己喜欢的生活方式，并在网上四处寻找方法和答案。

　　一个偶然的机会，我在朋友圈看到一段文字，写着陕西的三毛。这几个字吸引了我，因为我的学生时代也和三毛有着千丝万缕的联系，书柜里摆满了她的书。

　　打开链接是介绍沉香红作者的文章，我被这个小姑娘的才华和经历深深吸引，当看到文末介绍沉香红老师有开设网络教学班时，多日来的无助与彷徨顿时找到了出口和方向。

　　现在我跟着香红老师学习已有两年，在这两年的学习过程中，虽然我依然不够优秀，但我不会再自卑。我还在香红老师的写作班里认识了很多有着共同爱好的文友，她们善良而真诚。

　　正是因着香红老师和这些文友的鼓励和帮助，让我在爱好文学这条路上走得轻松而快乐。

　　香红老师说，每一个学生，她都会终身陪伴，让每一个爱好文学的人都能实现她的作家梦。

　　因为自卑，我爱上了写作。

　　因为遇到香红老师，我找到了方向，打开了通往写作的那扇大门。我不再自卑，并告诉自己，要以自己喜欢的方式过一生。

　　作者简介：一笑，生命可期，许了自己一个未来，愿以喜欢的方式过一生。

岁月浸透的一本书

宜轻晨

前段时间拜访老友,她借给我几本书,其中有一本《卡夫卡小说集》让我想起了好久之前的日子。

我曾经也有一本《卡夫卡小说集》,刚毕业那年买的。

记得当时我在市南区上班,工作辛苦,工资不高。但是因为公司附近有全市最大的新华书店,我觉得这份工作还可以。

记得那个时候中午休息,或是傍晚下班以后我常常去新华书店看书。也只是看书,一直没有买书。多年以后读到林海音的一篇短文,她回忆自己小时候常常去书店只看书不买书,心里既担心又愧疚。担心会被发现以后没法去书店看书,愧疚是因为只看书却从来不买书,有点偷窃知识的感觉。林海音写到,虽然心情矛盾,却又经不住那些书的诱惑,还是会常常跑去看。我在新华书店看书的时候也是这样的心境。去的次数多了,总怕书店的人会认出自己,进门的时候心里忐忑不安地看看有没有哪个店员看着我。我每次去都会默默地安慰自己，过了试用期我就会买书的，我一定会买书的。

新华书店的书大部分都有试看本。唯独《卡夫卡小说集》不行，它们是新华书店的新书，还被塑料包装密封着，我每次只能默默地看看它们的封面，看着书皮上卡夫卡三个字我就好想读这本书，或许就是因为看不到内容吧，我越来越想看它。十天过去了，那些《卡夫卡小说集》一本接一本被喜欢的读者买走，货架上的书只剩下两本，我心里有些焦急了。

万幸！最后一本书让我买到了。

20年过去了，我至今依然清晰地记得那天的心情，我鼓足勇气向老板预支了一点工资，虽然有些尴尬，但是为了那本书我豁出去了。当拿着我心心念念的《卡夫卡小说集》走在岛城的马路上时，听见远处的海浪声，哗哗地跑着拍打在海滩上，像怕自己被人发现一般急匆匆地退回去，那声音一来一回，像极了一个内心狂喜又不敢声张的腼腆学生。那个傍晚，这本书瞬间消除了我一个人在岛城的孤独。拿着书，我看着海浪来了又去，去了又来，我悄悄地对它说着我的高兴，我的激动。海边咸湿的空气里有了幸福的味道。

谁也不曾想，这本书，我如此珍视，却被我弄丢了。

买回书的那个晚上十点左右，我正在看书，父亲打来电话让我明天天一亮就回家。电话里父亲声音低沉沙哑，让电话这头的我隐隐感到不安。那个晚上我辗转反侧，不断猜测家里到底出了什么事。我不敢多想，又控制不住地乱想，第二天凌晨四点我就急急忙忙往家赶。

谢天谢地，家中诸事平安。父亲叫我回来，是给我找到工作了。镇上有一家企业招工，他托人给我报了名。父亲说，工资高，比我当时的工资的三倍还要多。

我听明白了父亲的意思，可是我不想回家上班。父亲说，家里供我读完书上完学不容易，要我懂得感恩。特别是身为家中长女，我本就有义务帮助父母分担弟弟妹妹的学费。现在的工资实在是太低了，我自己的生活费也不够用。父亲一晚上把"工资太低了"这句话重复了好多遍。我解释说我马上就要过试用期了，试用期过后工资也挺高。父亲摇摇头说，那里是城市，消费高，我们这里是乡镇消费低，这样里外里又能节省下一些出来。

父亲苦口婆心劝说了我一夜，最终我不得不答应父亲去镇上上班。我和父亲说我只有一个要求，我想回岛城拿回我的东西，有被褥，还有零零碎碎的生活用品。其实主要是那本《卡夫卡小说集》还在床头柜上等我回去。父亲不愿意我回去。他说不就一本书、几床被子嘛，值不了几个钱，等我赚了工资可以再去买更好的。

我无助地看着母亲。母亲劝父亲让我回去一趟，母亲知道我回去主要是为了拿回我的书。她常常说我太喜欢书了，都快成书呆子了。母亲说了好多，父亲始终没有答应。那夜我躺在被窝里，哭了。我懊悔自己没有把书带回来，万分懊悔。

就这样，那本《卡夫卡小说集》被我弄丢了，我的那份难得的快乐也被我弄丢了。

我不敢对任何人提起它，越不敢提起，那本书就越压在我的心头。这么多年过去了，我买了许多本书，有好多作家的，唯独没有卡夫卡的。我不敢看到这三个字。仿佛只要提起它就又想起了那段岁月，曾经的艰难就又压在了心头上。

后来，我还是忍不住买了一套新的《卡夫卡小说集》。我抬头看着书架上的《卡夫卡小说集》，它没有我当时那本好看。记得在岛城那天我从书店买书回到宿舍，郑重地在扉页写上了我的名字、购书日期、购书店的地址和店名。我热切地看着它里面的每一个字，甚是喜欢。仿佛是相见恨晚的恋人，一见如故，有说不完的话。怎么也没有想到我却在第二天与它不辞而别。我，对那本书有种负罪感，是我遗弃了它。就好比前一刻还浓情蜜意的恋人，转眼就把刚才的甜蜜忘得一干二净。

多年过去了，就像我不敢看到卡夫卡三个字一样。我既怨恨自己没有坚持拿回书，又埋怨父亲改变了我认定的生活方向。我想这或许是命运，一个人没有能力保护自己的书，又怎么能要求别人来保护它呢？其实，人生苦难也罢，顺遂也好，面对自己心底最想要的，不能直达目的，也要想尽办法去争取啊。

现在我已有能力买书学习，不用和老板预支工资，不用看到喜欢的书只能眼睁睁看别人买走。那么更应该多读一些书，多看一些书。想着想着，我从书架上拿起新的《卡夫卡小说集》，用这本书和自己的过去和解。

作者简介：宜轻晨，看好书，码文字！观影视，录感想。生活就这样在文字的熏蒸下飘着香。我是宜轻晨，感恩遇到每一个热爱文字的你！

美好的背后都是感人的细节

王玉娟

厦门一家微信公众号"二更"拍摄的人物纪录片《现实版"灰姑娘"！她失恋后隐居山林，将小屋爆改成童话王国》，一播出就吸引了上万粉丝的关注。作为"灰姑娘"的一位多年老友，也陆陆续续有人开始问我，"视频中的主人公，是你的那位朋友吗？你们又是怎么认识的？"

我第一次走进她的童话王国是在一次不经意间。那天依恋着冬日的阳光，悠闲地走在古老的石板路上，被一间独特的服饰小铺吸引进来。那地中海式的玻璃窗风格，文艺森女系的衣服，手工制作的欧式风格摆件，旧式的缝纫机……而她身着围裙，头戴发巾，仿佛从欧式田园画中走出来的人儿。然而在这美好的背后，又深藏了多少感人的故事呢？这要从我刚认识她时说起。

当时她还在厦门打工，从小没上过学，家境贫困，常常受到同事们的嘲笑和戏弄。本以为工作上的不顺，可以用爱情来填补，男孩却因为她年纪大、没学历以及父母不同意而分手。就在那段最背运的日子里，她开始不停地自学拍照，来释放对他的思念和改变困苦的生活。起初拍照的时候，很多人不理解，也不支持她，她就偷偷地趁没有人的时候拍。她有一张早期拍摄的作品，背景是在她的老家一个孤岛礁岩边上。仔细去观察照片，可以看出当时是雷雨天。阴天的礁石已经很滑，为了拍出这张照，她只能躲开村里人，趁阴雨天大家不出门的时候拍。她经常会为了去拍一张照片，拍出自己想要的场景，不顾一切地付诸行动。就这样，她通过摄影去疗愈失恋带给她的伤痛。

为了走出失恋的伤痛，也为了寻找自己的童话王国，她决定永远离开无法融入的大城市。独自来到了一个偏远的山村，巧遇了她现在正居住的这栋两层小楼。尽管当时它已经破败不堪，且杂草丛生，她还是留了下来，找到房屋的主人签下了25年的合同。用她身上仅存的钱买了沙子水泥，开始一砖一瓦地修缮。这期间我去看过她，可是当我到了那里，看到的是一栋危楼。我担心地问忙着干重力活的她，没想到她露出开心的笑容对我说不怕，并告诉我，她此刻心中的美好，已经战胜那些不必要的恐惧。

第二天我们一起去镇上买东西，她用电动车载着我，行驶在崎岖的山路上。对于我这种从小在平原长大的人来说，难免有点心惊肉跳。尤其是车从下坡路骑下来的时候，我吓得闭上眼睛不敢看，直到行驶在平缓的路面上，我的心才慢慢平静下来。我又好奇地问她，这你都不怕啊？她笑而不语，只是让我放松好心情，去感受这美丽的乡村。但是当时更吸引我的，是她那一袭如瀑布般的秀发，如一丛鲜花香气扑鼻，远比周边的景色让人感觉美好。她的头发长及腰间，但是自从她来到这里，因为受生活条件的限制，几天不洗头发，那秀发的香气依然存在。她还告诉我，等小屋修好了，她要去附近的小溪边，拍一组用溪水洗发的场景。她在说这句话的时候，我从她的眼神里能读出，那是一种无比坚定的神情。从那刻起，我开始相信她的每一滴汗水的背后，都是铸就梦想的奠基石。

过了几天我回到了厦门，而她继续留在那里。差不多又过了一年，她不仅实现了她的"灰姑娘童话庄园"，还吸引了不少外界人士的关注。更实现了当初向我描绘的那个场景：在那宁静的仲夏，一位美丽的女子，坐在溪边洗着她那美丽的秀发。就连她以前向往的世界名画中的人物场景，也被一个个演绎并拍摄了出来。比如《倒牛奶的女佣》《南国少女》《割草的牧羊女》……

为了更接近自己喜欢的田园乡村生活，她亲自种菜劳作，养小动物，粉刷小屋，学缝纫……每一个电影里的美好场景，书本里描绘的画面，她都一一去打造。再用摄影的方式把美好事物定格于此。当你了解她久了，你会发现，她简直就是生活美学艺术家，可以把生活过成诗。又像是人生的导演，不仅把自己的人生，演成了一部我们人人都向往的童话电影，也引导和感染着身边的人。更像一本用真挚情感书写的童话书，在返璞归真的生活中提炼出简单的生活乐趣。

作者简介：王玉娟，爱好文学、旅游。让我们相遇于文字，去记录、体会这精彩人生。

低谷，更是一种考验

刘凤玲

那是一段心灰意冷而又寂寞无助的日子，生活中接踵而至的不幸使我那颗疲惫不堪的心再次失去了平衡。仿佛一切愉快的事都离我远去，伴随我的只是那连绵不断的苦楚和无望。

四年前，在朋友的推荐下，我应聘到一家所谓的大型金融企业上班，公司规定每名入职成员均须做业绩（拉客户投资理财项目），倘若一个月内没有创造业绩者就面临着被公司辞退的压力。当时，我为了完成任务拼命努力地工作，白天争分夺秒联系客户，晚上加班加点整理客户资料和方案。终于，功夫不负有心人，一周后便联系到客户投资了十万元关于公司最新推出的CNC大学生创业的私募基金项目。当时我有多么的开心，但三个月后到了合同规定的兑付期公司并未按时兑付，且公司所有投资项目的本金和利息都"不翼而飞"了……得知这个消息时，我整个人都要崩溃了，瞬间觉得被公司欺骗了，像个被耍了还帮别人数钱的傻子似的，内心难受至极。2000多人的连锁集团公司一夜之间说没就没了，都被当地警方查封了，后来才知道这叫做"非法集资"。为了平息客户闹事，我决定自己垫付这笔对于当时的我来说的巨款。

那段时间我的生活异常拮据，不敢告诉家人朋友，独自承受着巨大的精神和物质上的压力，拼命四处凑钱偿还客户的投资款，每天三顿当两顿吃泡面或馒头来维持生活，不敢乱花一分钱，不去和朋友聚会，甚至还用信用卡分期贷款。情绪低落时，心里百无聊赖，趴在床上，打开电脑看两集柯南，五分钟刷新一次朋友圈，这几乎成为消遣孤独的必备程序。可是长久之后，我的精神异常空虚，生活严重缺乏动力，这是一种从心理上散发出的苍白，比体力上的疲惫更要糟糕。深夜里我盯着天花板，身体早已睡去，精神上却清醒无比，呆呆地看窗外投进来的车灯在墙上拉出长长的光影，双手揽住膝盖，眼泪情不自禁往外淌……

我听得到自己失望的声音，在无边的黑暗中蔓延，这就是你日复一日的生活吗？

答案当然是否定的，我要振作起来找回曾经积极向上的自己。梳妆整理打起精神，我很快应聘到一家公司做销售代表，运用积累的销售技巧，通过自身的不懈努力，最终业绩名列前茅，两年之后也小有成就。但由于整日劳累过度，加上接打电话过多，及年幼时留下的耳部疾病尚未完全康复，导致耳部感染。我去过多家三甲医院，经耳科权威专家诊断，他们一致建议我进行手术治疗。生活仿佛又给我开了个玩笑，于是我不得不向公司申请了两个月的假期。

那是我第一次经历人生中性命攸关的时刻，医生说是耳科三级手术，难度较为复杂。现在想来仍历历在目。手术前几天乃至前几分钟我的心情极为忐忑不安，尤其是医生让我签署协议"已知手术风险，要求手术"时（签署这份协议的意思是倘若因手术失败意外导致的面瘫、耳聋、窒息等不良风险由签署者自行承担），说不害怕那是假装的，我暗地里多次悄悄落泪。想着自己还有许多事情未做,万一,我是说万一,天有不测风云,我的人生是有遗憾的……曾经无数个幻想的画面一幕幕映入眼帘,心爱的他带着我和全家人一起去旅行,可爱的小手拉着大手漫步在无边无际的沙滩上,孩子们欢快的嬉笑声,海浪拍打岩石溅起的水花声,交织在一起,勾勒出一曲动听的乐章,仿佛身临其境陶醉其中……进入手术室前几分钟我默默地在心底对自己说,若手术有幸能够顺利结束,出院后的第一件事就是做我自己想做的事情——创业。时间在医护的忙碌中一分一秒地流逝,经历了长达四个多小时的全身麻醉后,我终于挺了过来,感谢上天对我的眷顾。看到手术服上的鲜红色血迹,我越发对生命产生了敬畏之情。

也许人的一生中总要经历点什么,才会不断成长,尤其是走在了生死的边缘,才更能体会到活着的意义。

时光荏苒,现在我独资创办的公司已经成立两周年,作为公司唯一的创始人,我深刻体会到一名创业者所承载的压力与辛酸,但我热爱自己所选择的这份事业。我们一直秉承"诚信立天下,感恩馈社会"的企业文化,我们一直坚守"诚信至上、用心服务、高效便捷、全力以赴"的服务宗旨。尽管创业初期经历了种种风雨,也让我多次处在游移忐忑的边缘中徘徊,但最后我挺过来了。生活的磨砺也造就了这样一个坚强有韧性的我,在成长的道路上我更加懂得坚持和努力的意义。伴随着客户朋友的支持与信任,公司也在逐步稳健地发展,我离自己想要的生活又更近了一步。

现在想来,特别庆幸生活给予我这么多的考验,让我在人生的低谷时期找回属于自己的方向。让我对生活更有承载力,更懂得珍惜与感恩身边的人和事。幸运和机会让我感受到世界的温暖与幸福,而困难和痛苦也让我更加体会到幸福的厚重与不易。

我以我选搏青春,我以我梦走天涯!

作者简介：刘凤玲，世界某个角落里有梦想的创业者，朋友眼中的"斜杠女青年"，沉香红老师新锐写作班学员，半亩书香文学网签约作者。愿意在知识的海洋里艺海拾贝，结识更多志同道合的朋友。微信号：fengling8288

让她自己走

董新民

"读来读去"书城,"寻找最美朗读者"之母亲节专场。

大大小小的身影,或高亢,或低缓,或舒畅,或深情地朗读,悄悄拨动大家的心弦。不信,请听——

"你总说我是个假的女儿,不会陪你逛街,不会陪你散步,更不会对你说暖心窝的话。你还说我一点儿都不像你,完全没有继承你的优点……"仿佛一个女儿,正面对母亲轻轻地撒娇。

"坚强的性格,挺拔的泰山的气魄,你的爱,是凝望,是守候,是我心中最深的情结……"好像一个儿子,将自己高大的身躯蹲下,去仰望低矮的母亲。

"……可就是这里,是母亲的一句话,让我重新起航。看着我掩饰不住的沮丧,母亲对我说,孩子,该知足了……"有一个人,不管你怎样,她永远站在你的身后,鼓励着你,支持着你。

"我多么想像童年时一样叫一声妈妈，依偎在您的肩头，向您倾诉生活中的幸福和向往……"眯起来的双眼，似乎瞅着自己的母亲，正向她深情地诉说。

"三周年的日子一天天临近，乡下的风俗是要办一场仪式的，我准备着香烛花果，要回一趟棣花。但一回棣花，就要去坟上，现实告诉着我，妈是走了，我在地上，她在地下，阴阳两隔，母子再也难以相见，顿时热泪肆流，长声哭泣啊！"读着，听着，我已经分不清你说的到底是你的母亲还是贾平凹的母亲，也分不清听的是我的母亲还是贾平凹的母亲。

朗读依然在继续。

当主持人介绍下一位选手朗读时，不见有选手上台，我伸长脖子寻找，只看到一个小小的身影向前蹒跚而来，当时，我还以为是哪个家长领的小孩。不想，她就是下一位朗读者。

小女孩大概五岁，摇摆着前行，两臂吃力地抖动着，看得出来，孩子时时在用力使自己平衡，然后前行。主持人低下身子，想扶一下小女孩，远远的一个母亲说："让她自己走！"费了好大劲，女孩才走到台前，她从容地拿起话筒，向观众吃力地鞠了一个躬，开始了她的朗读——

"有一个很热很热的夜晚，我从梦中醒来，妈妈正给我扇着扇子，汗水却湿透了她的衣裳。啊，妈妈的爱是清凉的风。"她朗读的是北师大版二年级语文下册中的一篇课文《妈妈的爱》，声音轻缓、透亮，目光里闪烁的正是妈妈的爱。

她的右手一直在摆动，左脚偶尔为了平衡稍稍移动一下。"有一个很凉很凉的雨天，妈妈到学校接我，一把伞遮在我的头顶，雨水却打在妈妈身上。啊，妈妈的爱是遮雨的伞。"读到这里，她的右手抬起，弯在头顶，搭成一把母亲的伞。侧眼，我看到，评委老师正轻轻擦拭着眼角的泪水。

点评时，我首先想到的是小女孩的身体平衡有困难，或者正患什么病，号召所有的听众为这样的朗读者送上最热烈的掌声，也向她学习。我看着小女孩的眼睛说了好多话，她的脸色平稳，目光自然，我感觉到，她在真诚地面对自己的世界。

很多时候，背后的故事会将眼前的感动放大不知多少倍。后来与小女孩的母亲交流，才知道，她女儿出生时早产，缺氧导致运动神经受损，从出生到现在一直在社区医院做康复，今年六岁半了，喜欢唱歌跳舞。家人没有要求她记这些歌词舞曲，是姐姐一遍遍读，她悄悄记下来的，练了十几天，才敢上台讲的。

最后，她没有得到第一名，原因是听众和评委没有了解到她背后催人泪下的经历。我们知道，每一个坚持，其中不仅包含汗水，还有止不住的泪水。

领奖时，大家想帮一下小女孩，远处还是传来妈妈的"让她自己走！"

我们在寻找最美朗读者，这不就是最美的朗读者吗？

朗读会结束了，然而，我们不愿离去，围坐一起，聊朗读，谈母亲节，说到小女孩，我提到了她母亲的一句话，"让她自己走！"

是啊，只有"让她自己走"，她才能行稳致远。一句"让她自己走"，是妈妈用深爱和泪水给女儿煲的汤，唯有自己真实地面对，才能拥有自己真正的人生。

夕阳余晖，驱车回家，耳边还响着那位母亲的话——"让她自己走！"

作者简介：董新民，男，中共党员，1973年12月生，汉语言文学专业本科，中小学高级教师，有十余篇教育教学论文在人民教育网、《甘肃教育》等媒体平台上发表，有30余篇小说、散文发表于《甘肃日报》《定西日报》《女友》等报刊杂志。

如果结局早已知晓

慕闲之

"如果你知道这一生都不会有什么重要成就,你依然会怀揣梦想吗?"当读书会的主持人抛出这样一个问题时,我瞬间愣住了,结局?这是我从来没有想过的事。

人世多艰,诸多不易,我往往只看着眼前的苟且,却从没想过未来的结局。此时面对这个问题,颇有几分不知所措。终无所成?怀揣梦想?会吗?略想了想,终是肯定,会的。从未想过结局就是最好的答案。

我曾教过一个学生,学习总是三天打鱼两天晒网,如果不是因为义务教育的强制性,估计早就离开校园了。于他而言,未来的人生一眼就可以望到终点,继承父母的衣钵,继续卖包子,以此谋生,虽不能大富大贵,但温饱总可以保证,等到20来岁,找个条件差不多的姑娘,结婚生子,以后孩子可以继续卖包子。他岂止是规划好了自己的人生,他连子子孙孙的人生都想好了,卖包子赚钱,娶媳妇生孩子,继续卖包子,周而复始，循环往复。既然最后只要会做包子就可以了，何必费事学那么多无用的东西，抱着这样的态度，他混完了初中三年，然后就真的跟着父母卖包子了。几年过去，算起来，如今他应该也有20岁了，每次从学校门口的小巷子经过总还能看见他忙忙碌碌卖包子的身影。这样似乎也没什么不好，有衣穿有饭吃，一辈子也就这样过去了，和预计的结局分毫不差，可他本可以有不同的选择，有不一样的人生，却因为一个自以为是的结局抹杀了一切可能。

没有梦想的人，注定无法看到希望。那梦想又是什么呢？梦想是人生道路上的指航灯，只要梦想不灭，灯就不会熄灭，人生的道路才能清晰可辨。只要怀揣梦想，心怀希望地努力拼搏，我们就是自己的英雄！

结局，终是太过遥远，有着太多的变数，这是我们无法确定的未来，可现在，真真切切，触手可及，我们又为什么要为了不确定的未来桎梏大有可为的现在？也许，我们忙忙碌碌，终日所求的梦想，到最后仍旧是镜花水月，可那又如何？我们终究真真切切地努力过、争取过，即便结局不尽如人意，但至少我们问心无愧，回首无悔！

有的人浑浑噩噩，仅仅是为活而活，人生黯淡无光。也有的人不断追问自己："人为什么活着？活着的意义是什么？"活着，只是他们实现人生价值的必要条件，他们的人生没有偷懒，只有认定目标，不断前行地拼搏。也许到了最后他们的梦想仍然遥不可及，可回首半生，他们仍然可以骄傲地说："我努力过了，争取过了，能做的我都做了，最后还是没能实现梦想，也许真是命中如此，没什么好后悔的，人这一辈子，总得为自己做点什么。"虽有遗憾，却不懊恼。

人生几十年，说长不长说短不短，我们更应该看重的是这几十年的努力，而非最后一刻的结果。我们都知道站在顶峰的人永远是少数，也都知道不是付出就一定有回报，可那又怎么样呢？站在顶峰的成功者永远是少数，而我们大多是普通人，终其一生，也不会有什么重要成就。

可如果因为这样就放弃努力，如果每一个普通人都这样想，大家都消极度日，社会又何来进步？文明又如何发展？如果因为没有回报就放弃努力，那永远都会一无所得，因为付出不一定有回报，可不付出绝不可能有回报。我们所争取的不是最后成功的结果，而是通过人为的努力争取最后可能成功的机会！

仰无愧于天，俯不怍于地。不是每个人都有资格说这句话的，只有抓住每一个机遇努力拼搏的人，才可以这样坦坦荡荡地说："这辈子，我努力地活过，无论结局如何，回首过去，我无愧于心。"

人世多艰，但未来可期。不到最后，谁都不能断定结局。你如此，我也如此。

如果结局早已知晓……哦，不要再和我说什么结局，我的人生还长，结局又算得了什么？

时不我待，只争朝夕！谨以此共勉。

作者简介：慕闲之，喜欢文史的85后理科生，经常被人调侃选错了专业，并且自己也深以为然。阅读和写作已然成为工作之余最大的乐趣。

嬉皮笑脸面对人生的难

刘婷婷

有一段时间，我特别喜欢听李宗盛的歌，尤其那首《山丘》听得我流泪、感动。网上大部分人都说：年少不听李宗盛，听懂已是不惑年！

可论年纪来说，我还没进入不惑之年，但我已经听懂他唱的词，也许是经历的缘故吧！导致我的心智很成熟，仿佛历经所有沧桑与悲欢。在这首《山丘》里有几句词我特别喜欢：终于敢放胆，嬉皮笑脸面对人生的难。

这些词像极了我现在的状态，面对病魔、面对生活不如意，我竟敢龇牙咧嘴地笑着去面对了。以前的时候总觉得自己很懦弱，每次遇上大事就畏畏缩缩，要不然就推给别人去解决。可这一次不一样，病魔在自己身上，谁也替代不了。

其实，没有人一生下来就学会笑的，人都是哭着来到这个世界上的，笑是后来才学会的！

一个人能笑着活下去，已经是一件很伟大的事情。

我曾一直认为生老病死不是什么难事，也不算什么人间疾苦。可当我真正走到生命最美的季节的时候，才逐渐明白，生命越是美丽，伤痕就越是布满全身。

10岁那年，我目睹母亲带着痛苦离开人世。15岁那年，我看着姑姑经历白发人送黑发人的哀伤，我竟毫无办法去改变这一切。21岁那年，初入社会因没有一技之长，难以生存，屡屡受挫。

所谓现实就是这模样，日日受难，夜夜煎熬。反倒是应了那句：真正的生活不仅有平常，还有很多的不寻常。但经历的所有不寻常并非没有意义，我们一路大笑，一路大哭，才会明白生命本就这样。你能做的就是保持平常心，踏过带着刺的不寻常，走向生命最美的风景区域。

在我身边发生了这样一个故事，主人公叫旭旭，2005年，她刚好8岁，家里不幸地发生了巨大变故，父亲喝酒犯病，把母亲一刀捅死了，父亲进了监狱，被判了无期徒刑，这是在旭旭没有认识我之前发生的。

变故发生后，她告别了无忧无虑的童年生活，回到了生活在农村的爷爷家里，开始了与爷爷相依为命的生活。在旁人看来，她真正的苦难结束了。其实从那一刻起，她的苦难才刚刚开始。

2005年，旭旭的爷爷69岁，是村里的低保户，政府的救济金刚好够他一个人生活，但孙女的回来，把爷爷愁出了比以往多十倍的白发。爷爷的生活本来就拮据，再多一个人，恐怕日子会过得更贫困潦倒。在这样贫困的日子里，旭旭深受打击，开始以为生活会善待她，结果却尝遍生活艰辛。

那时的我是吃百家饭长大的，偶尔也会光顾这位爷爷家。认识旭旭，也是偶尔的光顾认识的！她年纪和我相仿，于是我们玩到了一起，山坡上，河沟里，水井旁，村后的小树林里，每一处都会出现我们的身影。一玩到尽兴时，我们时常忘了回家。

旭旭，最令我心疼的地方就是很难改变她原来的日常习惯。比如，她每天早晨都要喝一杯牛奶，或吃一个荷包蛋，但在我们这个小村庄里，这些食物不常有。有时候早上能吃上早饭，就很不错了，虽然吃的都是昨天剩下的饭菜，可我觉得很幸福。那时候的她经常会哭闹，经常央求她爷爷买好吃的。

有一个关于2007年的难忘片段，我至今记得很清晰，旭旭的爷爷生病了，村里没医生，我们都在乡里读书。那会儿刚好没电话，旭旭是不知道爷爷生病的。等到礼拜天回去的时候，爷爷身体已经病得起不来，下不了炕，晚上都疼得直哼哼，这是旭旭看到最痛苦的事。

五月份，春天刚好走完，爷爷就带着遗憾走了，永远地离开了旭旭，离开了我们。

那年，一个十岁的姑娘，就这样失去了与她相依为命的亲人，从此变成了一个大家眼中同情的孤儿。

未来的五年里，我们一起上学一起玩耍，她在我面前常常笑眯眯的，看着她笑的样子，我总以为世界很美好，很善良。

其实，不是世界充满了温暖，而是旭旭的内心充满了阳光，所以她的世界是温暖的、快乐的！

那时的她，总会嬉皮笑脸面对人生的难，人生的苦，从不会抱怨或堕落。也让我逐渐明白，人在苦难面前，是强大的，就像是一座屹立在大地上、经历无数风雨无数寒冬的大山，从不会选择逃跑或哭泣。而旭旭就是这座山，远看薄如刀片，近看峭壁千仞。我喜欢她，喜欢她的坚强与善良，喜欢她对生活苦难的豁达，喜欢她不做作，永远做自己。

原来真正强大的人，是不会被苦难打到的，也不会自甘堕落的，而是努力地去改变自己。这是每个人都想有的姿态，我相信此刻，有很多像旭旭一样的人，坚强、勇敢、乐观向上；面对生活，迎难而上。

作者简介：刘婷婷，95后，一个喜爱文字的"脑瘫"姑娘。

人生除了生死都是擦伤

安琪

我曾经是一个幸福的女孩，如果父亲还在的话，我现在会是个幸福的老姑娘。父亲离开我们已经24年，在这24年里，我无数次地回忆起父亲，每每忆起，心痛不已。父亲的离去，改变了我的人生轨迹。

父亲是个对生命充满激情，多才多艺的人。然而，命运弄人，他的一生非常的坎坷，在他8岁的时候我的爷爷患肝癌去世，我的奶奶不堪生活的重负，在父亲18岁那年抛家弃子离家再嫁了。这时候，父亲上有年迈的爷爷奶奶，下有年幼的弟弟妹妹。从此，年仅18岁的父亲扛起一个家庭的重担，一步一个脚印，日夜打拼，养家糊口。一直到成家，生下我和弟弟，有了自己的一个小家庭后，为了改善家里的经济条件，父亲又不舍地离开了家人，去了新加坡工作。

在我14岁那年，父亲回国探亲期间突然病倒了，医院诊断为肝癌晚期，没过多久父亲就离世了，葬礼是在我15岁生日的前三天办的，那是个炎热的夏天，我的心却如同冰窖一样的冰冷，我难以相信，活生生的一个人，怎么说没就没了，我的心痛得无法呼吸。葬礼当天我开始静默，我泪流满面，浑身麻木，但是我哭不出声音来，我搂着瘦小的弟弟，听着妈妈在我身边失声痛哭，看着各种人影在我面前晃动，我知道，我的人生开始变得不一样了。

我出生于1980年，小时候长得白白嫩嫩的，一双乌溜溜的大眼睛，加上天生的娃娃音，很萌很招人疼。我从6岁学跳舞，8岁学弹琴，9岁阅读、学习写作，10岁学着给布娃娃做衣服，从小到大，父亲包容我的一切喜好，从来不曾呵斥我一声，注视我的眼神总是充满慈爱和欣赏。记忆中，父亲耐心地手把手辅导我做作业，在昏黄的灯光下教我画画，为我做木制手工玩具，教我打桌球，陪我练琴，陪我读汪国真的诗集，带我串门走亲戚，陪着我在屋顶上看星星，在他有空的时候下厨做菜给我吃，父亲的厨艺很好，他自创的几道秘制私房菜，令我回味无穷。在那个重男轻女的年代里，父亲把他最深沉的柔情都给了我这个唯一的女儿，用他自己的方式，给予我最好的陪伴。我的童年过得无忧无虑，是同学们羡慕的那个小公主。

我见过父亲为兄弟两肋插刀的江湖义气，也见过父亲在路上扶起掉进沟里的推独轮车的妇女，见过父亲收留上门来讨吃的流浪汉过夜，把自己唯一的一件好毛衣给流浪汉穿，隔天流浪汉不辞而别，顺带把家里值钱的东西偷走了，父亲因此被母亲唠叨了许多年。后来我发现我传承了父亲这种傻气的善良。

父亲走了，剩下妈妈、我和弟弟。失去了顶梁柱，在各方面的压力下，妈妈很快得了抑郁症，抑郁而狂躁，每天在家里会不断地抨击我和弟弟，我和弟弟过得非常地压抑。我在亲戚的资助下，上完初中，咬牙借钱上了中专，放弃了我的高中和大学梦。我艰难地熬过物质和精神同步匮乏拮据的5年，20岁进入社会工作，咬牙拼搏，努力工作养妈妈，供弟弟上高中、大学。而我，也顶住一切压力，边工作边进修了大专、本科学业。

在这期间，妈妈的抑郁症不断引发各种疾病，不断地进出医院，我不断地在医院和单位之间来回奔波，在病床前日夜守护，借钱支付医疗费等……妈妈前后做过9次手术，出院后体重仅剩下64斤，由于各种手术后遗症，一不小心，一个小感冒就可能要了她的命，我每天都生活在随时可能失去母亲的阴影中……

等母亲最后一次手术出院后，我的宝宝出生了，宝宝出生后一个多月，因为一场感冒发烧引发肺炎，住院治疗。由于住院期间医生不恰当的治疗方式，导致宝宝落下后遗症，从此体质极差，每个月都要生病跑医院，我因此开始了新一轮长达十年的寻医问药之路。从宝宝出生到他十岁期间，我不曾睡过一个囫囵觉，夜里总是需要照顾睡不安稳的孩子。

从15岁到现在的39岁，我经历一系列的磨难。在我16岁时，医生告诉我，我家有遗传的肝癌细胞，我也很难活过40岁，于是从16岁开始，我顶着巨大的压力，做好各种心理准备，做好各种努力。由于家庭经济压力巨大，我要养妈妈、供弟弟上学，所以要比别人加倍的努力。我从18岁开始重新规划自己的人生梦想，开始了从不休息、不停奋斗的人生路。

我不断地在业余自学各种医学养生知识，不断地努力工作，努力地照顾我的家人，我害怕疾病再次袭击我的家庭，带走我的亲人，害怕妈妈再有第十次手术，害怕我真的活不过40岁。我定期去体检，我注重饮食，我学习厨艺，我努力地开导自己，让自己坚强阳光，倔强生长，因为中医说不开心会容易得肝癌，所以我总是扬着一张笑脸，再苦再累都不敢不开心。

对我而言，人生除了生死其余的都是擦伤，我渴望自己能够健康，能够长寿，因为我的责任重大，我的梦想很大。我想，如果我只能活到

30多岁，那么我的人生也要尽力精彩。

  时光流逝，我已经39岁，再过几个月，我就40岁了，我已经不再惧怕那个活不过40岁的诅咒，走过了人生的一半路程。我的心越来越柔软，我时时地想起父亲，慢慢地，想起时不再流泪，一颗心慢慢地平静下来，接受了父亲离去的事实，也传承了父亲的担当和坚毅的精神。我多么的庆幸，我有一位如此优秀的父亲，在他短暂的一生里，给了我最深情的陪伴，让我在这坎坷的生命里，能够有足够坚毅的力量去迎接生命的风霜雪雨，能够在一路摸爬滚打过来依然感恩生命的馈赠。

  抬起头微笑，我似乎看见父亲慈爱的脸庞。我亲爱的父亲，我会好好地活下去，勇敢去体验这非凡的人生。

  作者简介：安琪，原名张奇珍，福建厦门人，从事多年企业运营管理工作，现为沉香红写作班第2018级学员，《大众文化休闲》签约作家。一枚斜杠青年，幸福生活家，业余写手，整体自然疗法师，营养早餐妈妈，业余爱好：布艺、美食、摄影、阅读、写字、旅行……热爱生活，认真追梦！个人微信号：dake201808

一别两宽,各生欢喜

慧慧

喜欢崇文盛世莫高窟壁画上的那一段唯美的范文:

"凡为夫妇之因,前世三手结缘,始配今生之夫妇。若结缘不合,比是冤家,故来相对……既以二心不同,难归一意,快会及诸亲,各还本道。愿娘子相离之后,重梳婵鬓,美扫蛾眉,巧呈窈窕之姿,选聘高官之主。解怨释结,更莫相憎。一别两宽,各生欢喜。"

一别两宽,各生欢喜。若是两个人不再爱了,那就给予彼此祝福吧!

女友 W 离婚了,在离婚之前,她给先生写了一封信,信的原文如下:

"感谢你给了我这十多年的婚姻生活,也感谢我们曾经一起携手并肩走过的那段日子,虽然未来我们没办法继续下去,但是还是感谢你曾经带给我的温暖和幸福。

如今，婚姻业已画上句号，希望你将来的人生，能如你所愿，收获属于自己的幸福，也希望我能变得坚强独立，成长为自己想要的样子。虽然余生我们不再是夫妻，但我们永远都是孩子的爸爸和妈妈，因为爱过，所以慈悲。我们的孩子依旧拥有爸爸和妈妈的爱，这份爱也依旧是完整的。

再次谢谢你，谢谢十余年前的牵手，谢谢十余年后的放手，让我们带着彼此的爱与祝福，走向我们各自的未来！

余生让我们都做一个温暖的人，温暖地对待别人也会换来温暖的回报，未来也会因此变得更明亮。"

看完这封信，我给了女友 W 一个暖暖的拥抱！因为爱过，所以慈悲！一别两宽，各生欢喜，何尝不是婚姻解体的一种智慧？

该如何体面地离一场婚？

好聚好散，不伤情面，分手快乐，彼此祝福！也是为共同在婚姻的轨迹里同行数年画上的一个休止符吧！

还想起了更为久远的民国时期的张幼仪。

张幼仪刚生下二儿子彼得时，身边没有一个人照顾，徐志摩却追到德国柏林要求离婚，还写下那句著名的"无爱之婚姻忍无可忍，自由之偿还自由"。并且在张幼仪提出想征得父母意见之后再离婚时，徐志摩急得不迭声地说："不行，不行，你晓得，我没时间等了，你一定要现在签字，林徽因要回国了，我非现在离婚不可！"听完这句话，张幼仪在离婚协议上迅速签好字，递他时还给了他祝福"你去给自己找个更好的太太吧"！徐志摩欢天喜地地接过离婚协议书，丝毫没有想到刚产子却遭遇离婚的张幼仪该如何独自承担这一切？看吧，这就是写出那句"你是天空里的一片云，偶尔投影在我的波心"如此浪漫又多情的徐志摩。

离婚后的张幼仪，人生开始有了鲜花与掌声，活得像一部励志大剧，在她的侄孙女张邦梅为她撰写的英文版传记《小脚与西服：张幼仪与徐志摩的家变》一书中，她这个从婚姻中突围并升华的女子坦称："我要为离婚感谢徐志摩，若不是离婚，我可能永远都没有办法找到我自己，也没有办法成长。他使我得到解脱，变成另外一个人。"

看，你永远拥有从一段不愉快的婚姻中解脱的主动权，如张幼仪一般，重新开始，从此绽放。

我们新时代的女性，早就知道幸福不但来自婚姻，更来自社会的认可，我们渴望爱情，但我们不乞讨爱情。我们早就过了有情饮水饱的年纪，我们早就过着独立而平等的生活，我们更是知道美丽让男人停下，唯有智慧才能让男人留下。

不爱了，那就体面地分手，离婚吧，给双方留点尊严，给家人一点宁静。我们因为爱而走到一起，不要恨着离开。曾经山盟也好，海誓也罢！只要当时是真心就好，只要当时我已感受到就好。时间拴不住你的心，我不怪你。但愿分离时，你我都能记住对方的好。多年后，还能回味当年的美好时光。

愿你好，愿我安，愿一别两宽，各生欢喜，此后的人生，各自珍重与精彩！

作者简介：慧慧，喜欢阅读，爱好文学，愿在文字的世界里，记录或深或浅的足迹，走着走着遇见一树花开！

关系中的以己度人

周小美

今天，表姐与姐夫来看母亲，茶余饭后一家人聊着家常，母亲看到表姐瘦了，关切地问表姐过得怎么样，表姐感受到亲人的关怀，突然像孩子一样哭了起来。

母亲安慰着表姐，缓了一会后，表姐说：我想离婚。听到离婚，母亲有些的吃惊，感到事情的重大，暗示我安慰安慰表姐。收到母亲的暗示，我把表姐和姐夫请入内屋了解情况。

表姐与姐夫结婚八年了，结婚初期与许多的夫妻一样，恩爱甜蜜，不知何时起，表姐发现姐夫对自己漠不关心，爱搭不理，关系渐渐疏远了，于是怀疑姐夫是不是有了外遇，经过搜寻好像也没有发现证据。表姐边说边难过，很是不解地问："妹，你说，他是不是有了外遇但隐藏得很好，让我查不到。"

听话不能一面之词，我向姐夫了解情况。姐夫犹豫了一下，缓缓地说:"本是聊天,到最后就是争吵;本是说说单位里的事,最后就成了我的不对;本是工作需要回家晚了,就问这问那,好像我出轨一样。出去吃个饭要打无数个电话催回家,问和谁在一起,我还能不能有点自由?"

听着他俩的对话,各自说着自己没有被满足的需求,可是,隐藏在其中的怀疑、不理解是怎么发生的呢?我不由想到孔子的故事。

有一次,孔子带弟子周游列国,七天没有吃到米饭,颜回讨到一些米,拿去煮饭,在米饭快熟的时候,孔子恰好看到颜回掀锅盖,随手拿了一个勺子,挖了米饭往嘴里塞。孔子装作没有看见,默默地离开了。

等颜回将饭食献给孔子的时候,孔子才说:"我刚刚梦到祖先了,我想,我们应该把这锅没有动过的白米饭,先敬献祖先。"颜回立刻拒绝到:"不行的!这锅饭我刚才已经吃了一口了,不能用作祭祀!"

孔子看着颜回说:"为什么要这样做?"颜回说:"因为刚才煮饭的时候,房梁上掉了些灰尘在锅里,我觉得沾了灰的白饭扔掉可惜,于是就挖起来吃了。"

孔子听闻,教育弟子们说:"平时,我最信任的就是颜回,可是今天见到他抓饭,我还是会怀疑他,要了解一个人,真的是不容易。不要随意用自己的看法去度量别人。"

孔子是圣人,表姐不可与圣人比较,但可向圣人学习:不要急着做判断,多了解一下对方。

而我希望表姐明白:人活着,没必要凡事都争个明白,水至清则无鱼,人至清则无朋。跟家人争,争赢了,亲情没了;跟爱人争,争赢了,感情淡了;跟朋友争,争赢了,情义没了。争的是理,输的是情,伤的是自己。

作者简介:周小美,国家一级培训师,国家二级心理咨询师,完形宽恕治疗师,东营电台《女人下午茶》栏目客座嘉宾,东营教育电视台《教育新视点》特约嘉宾,作品有《时光清浅 许你安然》。